遇洪而開．三卷天書

洪福

目錄

大觀茶論・第一卷天書

引首 6

第一回：地產 8

第二回：天時 14

第三回：採擇 19

第四回：蒸壓 25

第五回：製造 30

第六回：鑒辯 36

第七回：白茶 46

第八回：羅碾 51

第九回：盞 58

第十回：筅 66

第十一回：瓶 71

第十二回：杓 76

第十三回：水 80

第十四回：點 86

第十五回：味 91

第十六回：香 96

第十七回：色 102

第十八回：藏焙 109

第十九回：品名 113

第二十回：外焙 120

宣和畫譜・第二卷天書

引子 130

上卷 131

下卷 138

結子 148

宣和書譜・第三卷天書

第一回：帝・篆・隸 152

第二回：正 159

第三回：行 166

第四回：草 190

第五回：八分・制詔・告命 199

大觀茶論

第一卷天書

引首

嘗謂首地而倒生，所以供人求者，其類下一。穀粟之於飢，絲枲之於寒，雖庸人孺子皆知常須而日用，不以時歲之舒迫而可以興廢也。至若茶之為物，擅甌閩之秀氣，鐘山川之靈稟，祛襟滌滯，致清導和，則非庸人孺子可得而知矣。中澹間潔，韻高致靜。則非遑遽之時可得而好尚矣。

本朝之興，歲修建溪之貢，尤團鳳餅，名冠天下，而壑源之品，亦自此而盛。延及於今，百廢俱興，海內晏然，垂拱密勿，幸致無為。縉紳之士，韋布之流，沐浴膏澤，熏陶德化，盛以雅尚相推，從事茗飲，故近歲以來，採擇之精，制作之工，品第之勝，烹點之妙，莫不盛造其極。且物之興廢；固自有時，然亦系平時之汙隆。時或遑遽，人懷勞悴，則向所謂常須而日用，猶且汲汲營求，惟恐不獲，飲茶何暇議哉！世既累洽，人恬物熙。則常須而日用者，固久厭飫狼籍，而天下之士，勵志清白，競為閒暇修索之玩，莫不碎玉鏘金，啜英咀華。較筐篋之精，爭鑒裁之別，雖下士於此時，不以蓄茶為羞，可謂盛世之情尚也。

嗚呼！至治之世，豈惟人得以盡其材，而草木之靈者，亦得以盡其用矣。偶因暇日，研究精微，所得之妙，後人有不自知為利害者，敘本末列於二十篇，號曰茶論。

高俅目不轉睛，畢恭畢敬的盯著這段文字，彷彿那不是一紙書頁，而是今上趙佶本人。

老都管高福君悄悄湊上前來，探下頭去，輕聲道：「殿帥，小人已著人選揀得吉日良辰，不幾日，便去殿帥府裏到任。」

高俅微微頷首，也不言語。心內默道「惟人得以盡其材」，雙目仍緊盯著手中書卷，那是皇帝趙佶於大觀元年親自撰寫的《茶論》，故稱之《大觀茶論》。

第一回：地產

植產之地，崖必陽，圃必陰。蓋石之性寒，其葉抑以瘠，其味疏以薄，必資陽和以發之；土之性敷，其葉疏以暴，其味強以肆，必資陰以節之。今圃家皆植木，以資茶之陰。陰陽相濟，則茶之滋長得其宜。

高俅不住點頭，很是認可這個道理。地分陰陽，所生所長之茶自是不同。亦如人，置身環境不同，境遇亦將不同。高俅何嘗不是如此？從破落戶到太尉，當是大宋王朝第一人。

東京開封府。城中有一個浮浪破落戶子弟，姓高，排行第二，自小不成家業，只好刺槍使棒，最是踢得好腳氣毬。京師人口順，不叫高二，卻都叫他做高毬。這人吹彈歌舞，刺槍使棒，相撲頑耍，樣樣都得心應手。又頗能詩書詞賦；但若論仁義禮智、信行忠良，那卻是一樣不會。因此這人在一眾潑皮之中深受追捧，而正經人家見他則避之猶恐不及。

高毬每日只在東京城裏城外幫閒。終有一日，惹出了禍事來。

馬行街。王記鐵匠鋪。

門前，鐵砧、鐵錘、火爐、鉗、鑿家火，整整齊齊掛滿，相映成趣。

鋪後，掌櫃王員外心煩意亂，獨自一個在屋中走來走去、嘆息不已。

卻原來是湯鐵匠走了。

這鋪子生意紅火，全憑湯鐵匠一手打鐵的好手藝。不曾想，近日有鎮守邊庭的老种經略相公，從延安府到京師開封府，向哲宗皇帝面稟邊情。偶見湯鐵匠正在門前打鐵。那老种經略是何等樣人，一眼便識得這好手段，很是喜愛，便召他帳前敘用。湯鐵匠正自感嘆，空有一身本事，報國無門，得此良機，喜不自勝。王員外自是捨不得，但也無可奈何。他深知：湯鐵匠此一去，再沒人有此手段，怕是自己生鐵王員外的名號，在東京城裏再也叫不響了。

果不其然，自湯鐵匠帶同兒子走後，鋪子生意一日不如一日。鐵還是上等好鐵，但在這幾個鐵匠手裏打出來，總是差了一些。別說比這湯鐵匠，就是比他兒子湯隆亦不如。

王員外忽地想到自己的兒子。這不成器的，經商不行、打鐵不會，每日隨著一群潑皮破落戶三瓦兩舍，風花雪月。眼見得買賣不如往昔，再被他如此揮霍，如何得了？

正焦躁間，小鐵匠雷橫忽地一聲竄進屋來。

這雷橫是濟州鄆城縣人。為他雖是年少、但臂力過人，便收他做了學徒。王員外閱人無數，知假以時日，這雷橫必成打鐵匠人，或可重振我生鐵王員外的聲威。

「怎麼樣？」王員外焦急的問道。

雷橫答道：「我已查得清楚，幫小官人使錢的，為首的是個破落戶，叫做高毬。只要沒了這人，其他潑皮都不濟事。」

「高毬，一個破落戶。」王員外沉聲道：「若不除了你，怕是有朝一日，我兒也如你一般，成了破落戶！」

開封府衙。

知府升廳坐衙。這知府姓林名攄，字彥振。勤於政事，以明察聞名，鋤大奸，繩污吏，下不敢欺。自到任後開封貪腐之風大為收斂，官民皆尊稱林攄為「林長者」。林知府這般人物，接了王員外首告的一紙文狀，一眼便知端倪。

著人將高毬等押到府前，跪在階下。只寥寥數語，便斷得分明。當堂把高二斷了四十脊杖，迭配出界發放。其餘眾潑皮一發遣散，若再惹事端，定如這高二一般。

因東京城裏人民，不許容高毬在家宿食。他無計奈何，只得隻身出了東京，去淮西臨淮州投奔一個開賭坊的閒漢柳大郎去了。因那人專好惜客養閒人，招納四方幹隔澇漢子。

王員外萬料不到，兒子被高毬帶得著了魔，仍是不務正業，每日出入瓦舍。王員外說他不得，染患病症，卧牀不起。去那金梁橋下、東京城裏最有名的董將士生藥鋪抓了數副藥吃下去，但病在心裏，怎得好轉？終一日嘔死了。王家自此無人管業，眾鐵匠見此，紛紛離散。那雷橫自回鄆城縣去了。而這小員外，忽一日不知所蹤。自此，東京再無生鐵王員外一家……

倏忽已然數載。

哲宗天子因拜南郊，感得風調雨順，放寬恩大赦天下。

那高毬在臨淮州，因得了赦宥罪犯，思鄉要回東京。這柳大郎卻和東京城裏開生藥鋪的董將士是親戚，寫了一封書劄，收拾些人事盤纏，齎發高毬回東京，投奔董將士家過活。

當時高毬辭了柳大郎，背上包裹，離了臨淮州，迤邐回到東京，竟來金梁橋下董生藥家，下了這封書。董將士一見高毬，看了柳大郎來書，自肚裏尋思道：「這高毬，我家如何安著得他！若是個志誠老實的人，可以容他在家出入，也教孩兒們學些好。他卻是個幫閒的破落戶，沒信行的人，亦且當初有過犯來，被開封府斷配出境的人。倘或留住在家中，倒惹得孩兒們不學好了。我董家豈不要步了生鐵王員外的後塵！待不收留他，又撇不過柳大郎面皮。」當時只得權且歡天喜地，相留在家宿歇，每日酒食管待。董將士只在肚裏尋思如何安置這幫閒浮浪的人。

住了十數日，董將士思量出一個緣由，擺了一桌酒肉，將出一套衣服，對高毬說道：「小人家下螢火之光，照人不亮，恐後誤了足下。我轉薦足下與駙馬王晉卿府裏，做個親隨。久後也得個出身。足下意內如何？」高毬大喜，謝了董將士。當日再留高毬在府裏住了一夜。次日，董將士收拾了好一箱上等生藥，使人擔著藥箱，親自引領高毬前去。

駙馬王晉卿，因與皇室聯姻，做了侍衛親軍馬軍司都指揮使，稱叫馬軍太尉。因他本人很是風雅，人都喚他做「小王都太尉」。

董將士知這太尉他喜愛風流人物，故此帶了高毬前來。

小王都太尉聽得門吏轉報，心說董將士其人可靠，過往也多曾承他調養身子，今又擔藥前來，焉有不見之理？

二人寒喧已畢，小王都太尉便問來意。

董將士直言舉薦一人。這人精通諸般頑耍，又能詩書詞賦。

小王都太尉聽得，遂召這高毬來，拜見了。一見便喜，正用這樣的人。問他姓名，高毬答做高二。當即收留在府內做個親隨。

那邊董將士拜謝自去，心中舒暢不已。
這邊高二郎受寵若驚，感覺如夢如幻。

那小王都太尉，便喜歡這樣的人。
自此，高毬遭際在王都尉府中，出入如同家人一般。

這一日，小王都太尉使高二出府幹事。
行至馬行街，高毬忽地想起王員外父子來。徑尋去，卻不見王記鐵匠鋪。一問方知，那王家家道中落，王員外休了，小官人不知去向。高毬聞言，心下大喜。
興沖沖前行間，腦中忽地又回想起一個人來——開封府知府林攄……

第二回：天時

茶工作於驚蟄，尤以得天時為急。輕寒，英華漸長；條達而不迫，茶工從容致力，故其色味兩全。若或時暘鬱燠，芽甲奮暴，促工暴力，隨槁晷刻所迫，有蒸而未及壓，壓而未及研，研而未及制，茶黃留漬，其色味所失已半。故焙人得茶天為慶。

得天時，茶滋長；
得天時，人發跡。

自古道：日遠日疏，日親日近。那怕是原有天差地別。終日侍奉小王都太尉的高二，對此語可謂體會得深切。於內心暗道：「終此一生，追隨太尉，不生二心！」

怎知，人心善變！

忽一日，小王都太尉慶誕生辰，分付府中安排筵宴，專請小舅端王。這端王乃是哲宗皇帝御弟，見掌東駕，排號九大王，是個聰明俊俏人物。這浮浪子弟門風、幫閒之事，無一般不曉，無一般不會，更無般不愛。更兼琴棋書畫，儒釋道教，無所不通。踢球打彈，品竹調絲，吹彈歌舞，自不必說。當日王都尉府中準備筵宴，水陸俱備。請得這端王來府中赴宴。

王都尉設席，請端王居中坐定，自己對席相陪。酒進數杯，食供兩套，那端王起身淨手。偶來書院裏少歇，猛見書案上一對兒羊脂玉碾成的鎮紙獅子，極是做得好，細巧玲瓏。端王拿起獅子，不落手看了一回，道：「好！」王都尉見端王心愛，便說道：「再有一個玉龍筆架，也是這個匠人一手做的，卻不在手頭。明日取來，一併相送。」端王大喜道：「深謝厚意。想那筆架必是更妙。」王都尉道：「明日取出來，送至宮中便見。」端王又謝了。兩個依舊入席飲宴，至暮盡醉方散。端王相別回宮去了。

次日，小王都太尉取出玉龍筆架和兩個鎮紙玉獅子，著一個小金盒子盛了，用黃羅包袱包了，寫了一封書呈，卻使高二送去。高毬領了王都尉鈞旨，將著兩般玉玩器，懷中揣了書呈，徑投端王宮中來。

高毬請把門官吏轉報與院公。沒多時，院公出來問：「你是哪個府裏來的人？」高毬施禮罷，答道：「小人是王駙馬府中，特送玉玩器來進大王。」院公道：「殿下在庭心裏和小黃門踢氣毬，你自過去。」高毬道：「相煩引進。」院公引到庭前。高毬看時，見端王頭戴軟紗唐巾，身穿紫繡龍袍，腰繫文武雙穗條，把繡龍袍前襟拽紮起，揣在條兒邊，足穿一雙嵌金線飛鳳靴。三五個小黃門，相伴著蹴氣毬。高毬不敢過去衝撞，立在從人背後伺候。也是高毬合當發跡，時運到來，那個氣毬騰地起來，端王接個不著，向人叢裏直滾到高毬身邊。那高毬見氣毬來，也是一時的膽量，使個「鴛鴦拐」，踢還端王。端王見了大喜，便問道：「你是甚人？」高毬向前跪下道：「小的是王都尉親隨，受東人使令，齎送兩般玉玩器來進獻大王。有書呈在此拜上。」端王聽罷，笑道：「他直如此掛心。」高毬取出書呈進上。端王開盒子看了玩器，都遞與小黃門收了去。

那端王且不理玉玩器下落，卻先問高毬道：「你原來會踢氣毬。你喚做甚麼？」高毬叉手跪覆道：「小的叫做高二。因胡踢得幾腳，被人稱做高毬。」端王道：「好！好個高毬！你便下場來踢一回耍。」高毬拜道：「小的是何等樣人，敢與恩王下腳。」端王道：「這是『齊雲社』，名為『天下圓』，但踢何傷。」高毬再拜道：「怎敢。」三回五次告辭。端王定要他踢。高毬只得叩頭謝罪，解膝下場。才踢幾腳，端王喝采。高毬只得把平生本事都使出來，奉承端王。那身分模樣，這氣毬一似鰾膠粘在身上的。端王大喜，哪裏肯放高毬回府去，就留在宮中過了一夜。又吩咐下去，明日排個筵會，專請王都尉宮中赴宴。

那王都尉當日晚不見高毬回來，不免疑思，亦未放心間。次日，只見門子報道：「九大王差人來傳令旨，請太尉到宮中赴宴。」王都尉出來見了幹人，看了令旨，隨即上馬來到九大王府前，下馬入宮來，見了端王。端王大喜，稱謝兩般玉玩器。入席飲宴間，端王説道：「這高毬踢得兩腳好氣毬，孤欲索此人做親隨，如何？」王都尉答道：「殿下既用此人，就留在宮中伏侍殿下。」端王歡喜，執杯相謝。二人又閒話一回，至晚席散，王都尉自回駙馬府去。

端王自從索得高毬做伴之後，就留在宮中宿食。高毬自此遭際端王，每日跟著，寸步不離。早忘卻了當日「終此一生，追隨小王都太尉，不生二心」的誓言！

一日，高毬在庭心裏陪端王踢罷一回氣毬。忽地跪下。端王問道：「何故如此？」高毬稟道：「小的有幸，伏侍追隨。近日思量，小的這名字不雅，恐有污恩王風雅。故斗膽求大王賜名。」端王稍一思索，道：「且將氣毬那字去了毛傍，添作立人。」高毬聞聽大喜，叩謝不止。

卻是這高毬一朝發跡，想遮掩從前。況這毬字傍身，豈不終生被人踢耍？「今番端王改的妙，我今後便是那個頂天立地的『人』了！」此前何曾有人如此看重？他驀地生出未曾有過的感激。又於內心暗道：「終此一生，追隨端王，不生二心！」

從此，這高二郎高毬，便改作姓高名俅。

高俅在宮中盡心服侍，未及兩個月，哲宗皇帝晏駕，無有太子。文武百官商議，冊立端王為天子，立帝號曰徽宗，便是玉清教主微妙道君皇帝。登基之後，一向無事。

忽一日，徽宗與高俅道：「朕欲要抬舉你，但有軍功，方可升遷。先教樞密院與你入名，朕知會樞密使童貫，你仍只是留做隨駕遷轉的人。」高俅連連叩拜，喜得徹夜未眠。

這日，早朝。

提舉官楊戩奏道：「臣奉命督建顯烈觀。昨日忽起一陣小旋風，風勢駭人，彼處軍民皆知，紛紛私語恐不祥之兆。遭臣訓斥：托賴聖上洪福齊天，四海之內亦皆安泰。爾等勿得亂語胡言，若再聞之嚴懲不貸。」徽宗聽罷默然不語。

待得退朝，皇帝喚高俅等踢幾腳氣毬，然覺索然無味，遂落座品茗，飲不幾口那白茶，忽地輕聲自語道：「顯烈觀，陳橋驛，柴家、柴家……」

緊侍身側的高俅，耳中聽得清清楚楚……

第三回：採擇

擷茶以黎明，見日則止。用爪斷芽，不以指揉，慮氣汗熏漬，茶不鮮潔。故茶工多以新汲水自隨，得芽則投諸水。凡牙如雀舌穀粒者為斗品，一槍一旗為揀芽，一槍二旗為次之，餘斯為下花。茶始芽萌，則有白合，既擷則有烏蒂，白合不去，害茶味；烏蒂不去，害茶色。

茶，鮮潔者必採擇而用之。

人，命運有時竟不如茶也。

這一日，值科舉會試畢，徽宗聖諭：宣諸貢士集英殿策進士！

此前置開封府府學，開封府知府林攄掌府學。故此番試後，由林攄當值臚唱貢士。未料，林攄誤將考生甄某姓氏讀為煙，徽宗不免失笑。殿上諸臣見狀，亦轟笑不止。

林攄面無表情，不嗔不怒，立而不語。

退朝後，徽宗皇帝興致不減，對高俅和一眾小黃門言及此事。眾黃門捂嘴偷笑。高俅聞言，心內不禁一動，稍加思索，跪下道：「微臣斗膽直言，林攄身居顯位，今日事可見其才疏學淺，又知錯不改，亦為大不敬。依其性情，恐日後有失聖顏。」林攄往昔屢屢直諫，徽宗皇帝不免惱惱，然因其人治政有績，遂未放心間，此番經高俅一語，心念一動，道：「依卿之見，當如何？」高俅答道：「可調其離京，治理地方。一者可免其於京師不雅，二者此人頗富施政經驗，正好提升地方。」徽宗聞之頗喜，又問：「何地合其性情？」高俅心中藏壓著一樁舊事，此際脱口而出道：「臨淮州！」徽宗問道：「淮西？可有緣故？」高俅聞言一驚，但見皇帝面色平靜，遂穩住心神輕聲道：「那裏民心不安，正需要能幹的人，亦要是忠君之人。」此語一出，徽宗甚喜。點頭稱是。

不出幾日，聖命林攄知臨淮州。林知府即和新官到府衙裏交割牌印、一應府庫錢糧等項。那新官乃是滕知府。

高俅出了胸中一口悶氣，欣喜無比，然卻不形於色。

高家上代有兄弟三個，高大郎早夭。高俅父親也是排行第二，後家道中落，便成了破落戶，又因這高俅終日浮浪，連惹禍端，被生生氣死了。又有一個高三郎也歿了，生有一大一小兩個兒子，相依為命。

高俅想著要覓個精明強幹的體己人。阿叔高三郎家的兩個兄弟，一個蠻橫、一個驕縱，一時難以重用。這高俅費盡心思，尋得遠房小阿叔，排行第十，叫做高福君。這高福君辦事沉穩、老謀深算，高俅一見，甚是合意，便留在身邊。

高十郎新到，東京城內無人識得，便終日三街六巷遊走，為高俅收羅訊息。這日聽得一事，登時喜煞高俅。

卻是北方遼國與徽宗御弟通好，恭請這位宋朝郡王，於兩國界地設宴，共同狩獵較藝。這自是無凶無險。

挨到皇帝退朝，高俅急奏心意。

徽宗道：「卿有此意便好。無需奔赴北疆，朕著御弟給你在一行人等中掛個名字去就是了。你只管留在宮中陪朕戲耍。」高俅自是歡喜。雖說也會舞槍弄棒，卻自使得不好，真個去了邊界，也是不敢上場較量。此番真是雙全。

次後，御弟郡王率一眾人等回轉。內中有一將，姓宣名贊，武藝出眾，對連珠箭贏了遼將。回至東京，上下皆喜。郡王便將宣贊招做女婿，朝夕之間成了郡馬。

高俅聞聽，心內頓感失落。那高福君見得高俅神色有異，上前一步，輕聲笑道：「那宣贊生的面如鍋底，鼻孔朝天，卷髮赤鬚，形容醜陋。京師人背地裏都呼為『醜郡馬』」。高俅大笑，隨即不知怎地，心中越發不平。

當夜，高俅宿醉。

午夜悠悠醒轉，口渴難耐。隻身起來，尋了一遭，找到半盞冷茶，大口灌將下去。口中道：「看來，枕邊有個女人方好！」

月餘間，在高十郎高福君的張羅下，這高俅先後討了幾房娘子進來，雖無權臣家的千金，但也都是大家閨秀。自此，高俅每日跟在徽宗皇帝身後，每夜趴在一眾妻妾身上，沒日沒夜，忙碌不休。終有喜訊：不是那個娘子懷了身孕，卻是經過幾番升遷，這皇帝竟直抬舉高俅做到殿帥府太尉職事。

其時，樞密掌兵籍，三衙管諸軍。樞密使是童貫，朝野上下皆稱童樞密。有殿前司、侍衛親軍馬軍司、侍衛親軍步軍司，合稱三衙。殿前司都指揮使稱殿帥，侍衛親軍馬軍司都指揮使稱馬帥、侍衛親軍步軍司都指揮使稱步帥。那步帥姓段名常，人稱段步帥。這馬帥，人稱小王都太尉。高俅遂成了高殿帥，亦稱高太尉。

徽宗著高俅擇日赴任。當日高俅伺候皇帝踢罷氣毬，收拾得厚禮，親往王都尉府中，拜謝小王都太尉。想那數月前，高俅還是無著落的破落戶，今番搖身成了殿帥，兩個同朝、一般官階。二人心內都是思緒萬千、感慨不已。

王駙馬懶理政事，這馬帥亦乃掛名其間。然於朝事，心如明鏡。盞茶罷，小王都太尉道：「高太尉得此恩寵，當思全力報國！」高俅忙道：「這是自然，銘記於心。」王都尉又道：「想我朝開國之初，名將如雲。那河東呼延贊、五侯楊令公，哪一個不是威振邊關。今上重文抑武，名門之後，皆不復往昔。那令公之孫楊志，年紀小時便應過武舉，如今只做到殿司制使官。那呼延贊嫡派子孫，萬夫不當的呼延灼，亦只受一州都統制。觀今邊陲，遼夏虎視。聖上醉心書畫木石，軍兵盡落童貫手中，今高太尉同掌殿前司，當重振我大宋軍威！」高俅諾諾連聲，心中卻升騰起一個念頭來：「想我出身破落戶，歷經磨難，終得發跡。若提攜起那般名將之後來，哪一個不是強我百倍？」

高俅回轉府來，不及片刻。高福君來報說，楊戩來訪。

卻是楊戩聽得高俅升了殿帥，特來道賀。高俅心說，自己在朝中孑然一身，這人正好結交。兩個寒暄一番。

楊戩說道：「道君要蓋萬歲山，欽命我從三衙選差十個制使去太湖邊搬運花石綱，已有人選在此。太尉最懂今上心思，故請相幫，看這十人妥當否？」高俅接過楊戩遞過來的名狀，口中道：「豈敢。豈敢。」目光將那十名制使一一看去，腦中忽地記起小王都太尉的言語來。當即合上名狀，飲了一口白茶，道：「聽聞殿前有個叫楊志的，乃是名門之後。何故未用此人？」楊戩欠身回道：「那楊志面皮上生得老大一搭青記，怕有損我大宋尊顏。」高俅笑道：「多慮了。郡王不也招得個醜郡馬？」楊戩起身道：「殿帥所言極是。」

這一日，高俅叫來高福君，那高十郎已升了都管，人都稱他老都管，兩個商議一番，先著人送了殿前司花名冊來。這名冊中詳載殿前司一應人等的軍功、家世，諸般要領。

高太尉細細翻閱，逐一看去。看到一人時，高俅臉色大變！將那名冊重重的擲於几案之上……

第四回：蒸壓

張教頭飲罷幾口茶，放下盞來。口中勸道：「老嫂子不必憂心，王進這只是勞累所致，身體無妨。」王老夫人微微欠身道：「王升去得早，只餘老婦人母子兩個，多承你和林提轄照料，方有今日。」張教頭道：「現今王進做了教頭，也是復了父職、光耀門楣。」王老夫人接口道：「咱幾家也真是與這教頭一職有緣。進兒父子兩個做了教頭，你是教頭，林沖又新參做教頭。」張教頭說道：「為了避嫌，我以病致仕，請了辭。新殿帥不日赴任，寄望王進和林沖兩個，在他管下能有所作為。」王老夫人聞言精神一振，不免笑道：「咱們三家世代教人，應會有善報吧！」張教頭也不禁感慨：「昔日，我們三個最好。如今，他二人都去了。我眼看著王進成了事，現今只盼小女早日生下一兒半女，便無憾了！日後九泉之下，也能跟兩位老友交待！」王老夫人張口道：「老身看得出，林沖夫妻兩個感情深厚。我這進兒尚是孤身一人！」張教頭立即道：「此事包在老朽身上。」

二人談及兒女，不免心花怒放。恍如回到過往時光。

茶之美惡，尤系於蒸芽、壓黃之得失。蒸太生則芽滑，故色清而味烈；過熟則芽爛，故茶色赤而不膠。壓久則氣竭味漓，不及則色暗味澀。蒸芽欲及熟而香，壓黃欲膏盡急止。如此，則製造之功十已得七八矣。

高俅手捧《大觀茶論》，正在凝思。

老都管高福君悄聲進來。

「如何？」高俅頭也不抬，問道。

「那王進正患病在家！」老都管回道。

高俅忽地丟下書卷，站將起來。正欲開言，又俯下身，將《茶論》拾起、合卷、輕輕撫平。而後挺直身軀，沉聲道：「速去準備，明日到任！」

老都管輕聲道：「已選揀得吉日良辰，尚需過幾日。」

太尉朗聲笑道：「我高俅上任之日，便是吉日！」

殿帥府。

新任太尉突地到任。

所有一應合屬公吏衙將，都軍禁軍，馬步人等，盡來參拜，各呈手本，開報花名。高殿帥一一點過，只欠一名八十萬禁軍教頭王進。半月之前，已有病狀在官，患病未痊，不曾入衙門管事。高殿帥大怒，喝道：「胡說！既有手本呈來，卻不是那廝抗拒官府，搪塞下官。此人即係推病在家，快與我拿來！」隨即差人到王進家來，捉拿王進。

所差之人乃是牌頭，名喚侯偉，因整日走報諸事，綽號「赤腳生」。侯牌頭與王進說道：「如今高殿帥新來上任，點你不著。軍正司稟說染患在家，見有病患狀在官。高殿帥焦躁，哪裏肯信，定要拿你，只道是教頭詐病在家。教頭只得去走一遭；若還不去，定連累眾人，小人也有罪犯。」王進聽罷，只得捱著病來，進得殿帥府前，參見太尉，拜了四拜，躬身唱個喏，起來立在一邊。高俅道：「你那廝便是都軍教頭王升的兒子？」王進稟道：「小人便是。」高俅喝道：「這廝！你爺是街市上使花棒賣藥的，你省的甚麼武藝！前官沒眼，參你做個教頭，如何敢小覷我，不伏俺點視！你托誰的勢要，推病在家安閒快樂！」王進告道：「小人怎敢！其實患病未痊。」高太尉罵道：「賊配軍！你既害病，如何來得？」王進又告道：「太尉呼喚，安敢不來。」高殿帥大怒，喝令左右，教拿下王進，「加力與我打這廝！」眾將都是和王進好的，只得與那軍正司呂大輝同告道：「今日是太尉上任好日頭，權免此人這一次。」高太尉喝道：「你這賊配軍，且看眾將之面，饒恕你今日之犯，明日卻和你理會！」

王進謝罪罷，起來抬頭看了，認得是高俅。出得衙門，嘆口氣道：「俺的性命今番難保了！俺道是甚麼高殿帥，卻原來正是東京幫閒的圓社高二。比先時曾學使棒，被我父親一棒打翻，三四個月將息不起，有此之仇。他今日發跡，得做殿帥府太尉，正待要報仇，我不想正屬他管。自古道：不怕官，只怕管。俺如何與他爭得！怎生奈何是好？」回到家中，悶悶不已。對娘說知此事，王老夫人年已六旬，母子二人抱頭而哭。娘道：「我兒，三十六著，走為上著。只恐沒處走。」王進道：「母親說得是。兒子尋思，也是這般計較。只有延安府老种經略相公鎮守邊庭，他手下軍官，多有曾到京師，愛兒子使槍棒的極多。何不逃去投奔他們？那裏是用人去處，足可安身立命。」娘兒兩個商議定了。其母又道：「我兒，和你要私走，只恐門前兩個牌軍，是殿帥府撥來伏侍你的。他若得知，須走不脫。」王進道：「不妨。母親放心，兒子自有道理措置他。」

當下日晚未昏，王進先叫張牌入來，分付道：「你先吃了些晚飯，我使你一處去幹事。」張牌道：「教頭使小人哪裏去？」王進道：「我因前日病患，許下酸棗門外嶽廟裏香願，明日早要去燒炷頭香。你可今晚先去，分付來日早開些廟門，等我來燒炷頭香，獻三牲。你就廟裏歇了等我。」張牌答應，先吃了晚飯，叫了安置，望廟中去了。當夜子母二人，收拾了行李衣服，細軟銀兩，做一擔兒打挾了；又裝兩個料袋袱駝，拴在馬上。等到五更天色未明，王進叫起李牌，分付道：「你與我將這些銀兩，去嶽廟裏和張牌買個三牲煮熟，在那裏等候。我買些紙燭，隨後便來。」李牌將銀子望廟中去了。王進自去備了馬，牽出後槽，將料袋袱駝搭上，把索子拴縛牢了，牽在後門外，扶娘上了馬。家中粗重都棄了，鎖上前後門，挑了擔兒，跟在馬後。趁五更天色未明，乘勢出了西華門，取路望延安府來。

這兩個牌軍，一個叫張三，人都喚他「白日鼠」；一個叫李四，人都稱為「青草蛇」。兩個買了福物煮熟，在廟等到巳牌，也不見來。李牌心焦，走回到家中尋時，見鎖了門。兩頭無路，尋了半日，並無有人曾見。看看待晚，嶽廟裏張牌疑忌，一直奔回家來，又和李牌尋了一黃昏。看看黑了，兩個見他當夜不歸，又不見了他老娘。次日，兩個牌軍又去他親戚之家訪問，亦無尋處。兩個恐怕連累，只得去殿帥府首告：「王教頭棄家在逃，子母不知去向。」高太尉見告了，大怒道：「賊配軍在逃，看那廝待走哪裏去！」隨即押下文書，行開諸州各府，捉拿逃軍王進。二人雖是首告，亦不能免其罪責，杖責逐出殿帥府。

次後，仍捉王進不得。高俅怒氣難消，先是管軍不當為由，免了牌頭侯偉。又以治將不嚴之名，免了軍正司呂大輝。一時之內，殿前司上下，人心慌慌，都怕這高太尉。

久後，高俅眾妻妾無一人有孕，診治方知：卻是因高太尉當年舊傷所致！正是被那王升一棒害了！高俅暴怒，又要捉拿王進。老都管高福君輕聲勸道：「那王進見在老种帳下。今上倚仗老种守邊，這王進，動不得。」高俅將手中茶盞狠摔下去，那御賜白茶潑灑一地……

第五回：製造

滌芽惟潔，濯器惟淨，蒸壓惟其宜，研膏惟熟，焙火惟良。飲而有少砂者，滌濯之下精也；文理燥赤者，焙火之過熟也。夫造茶，先度日晷之短長，均工力之眾寡，會採擇之多少，使一日造成。恐茶過宿，則害色、味。

使一日造成？

使一日造成！

高俅就此打定主意。

因教頭王升父子而生鐵王員外父子，因閒漢柳大郎而生藥董將士，高太尉徹夜不眠。未及天亮，便喚老都管密議良久。

數日後，東京人得知：金梁橋下董生藥暴斃。然東京人不知：臨淮州柳大郎亦於同日突地沒了，蹤影全無。

又一日，楊戩著人送來一個女子。高俅看時，見她年方十五六歲，長得好模樣、頗有些顏色：

花容嫋娜，玉質娉婷。髻橫一片烏雲，眉掃半彎新月。金蓮窄窄，湘裙微露不勝情；玉筍纖纖，翠袖半籠無限意。星眼渾如點漆，酥胸真似截肪。

高太尉看了，也是喜歡。但念及自家身子，又沒了興致。讓來人回轉向楊戩致謝，又命高都管與了那女人些許銀子，打發她自去了。

這高俅連那女子的名姓也無心詢問。女子回到家中，說與父母聽。那老夫妻原指望把女兒與太尉，討個富貴，怎料是這般沒有結果。三口兒商量了，便離了東京，往山東投奔他人去了。那女子名喚閻婆惜。

高俅與老都管商議一番後，將阿叔高三郎家的兩個兒子召進東京來。那兩個也是有些來歷：因這高三郎不通文墨，先後生了這兩個兒子，皆是未曾取名。兩個至來歲生日，便來試晬。乃是羅列盤盞於地，盛大果木、飲食、官誥、筆硯、算秤等經卷針線應用之物，觀其所先拈者，以為徵兆，謂之試晬。明有諸般好物，那兄弟兩個都不曾抓的。先是那年，長子抓了鐮刀。後是這年，幼子抓了布帛尺。故而，那長子便叫高鐮、這幼子便叫高尺。高十郎將兩個接了來。那高尺年少，便過房在高俅房內為子。其兄高鐮年長，高太尉有意培養重用，先與其娶妻殷氏。留在身邊些許時日，便向徽宗皇帝請命授官，道君欣然應允。又問高太尉，意屬何州何府。

高俅忽地跪下，答道：「微臣已思量在心了，派高鐮去那高唐州。」

道君皇帝不解，問道：「此舉何意？」

高太尉顫聲回道：「那柴家長者，在高唐！」

「此去，要務在身。切記，穩住心神，勿急勿躁。非不得已，毋動刀兵。今與你把這鐮刀去了金傍，日後便做高廉。」高十郎在旁看了，心中暗道：「此前從未見他如此動情。」

「殿帥放寬心，弟謹記於心。」高廉拜謝了，帶同娘子殷氏與老婆兄弟殷天錫住高唐州上任去了。

這邊高尺留在殿帥府內，成了高衙內。因高太尉愛惜他，那廝遂在東京倚勢豪強，專一愛淫垢人家妻女。京師人懼怕他權勢，誰敢與他爭口，叫他做「花花太歲」。整日帶著一眾幫閒，三街兩巷尋那美貌良人調戲。不知多少女子，毀在他的手裏，沒有哪個敢逆他。只有一個金老漢，在遇著高衙內的當夜，偷偷帶著妻女逃出東京，往渭州去了。使得女兒金翠蓮沒有被這花花太歲玷污！

高太尉終日伴駕踢毬，高衙內整日禍害東京。如此過了約是一年光景。

大相國寺。

酸棗門外，退居廨宇後，好大一片菜園。

這日，廨宇門上新掛一道庫司榜文，上說：「大相國寺仰委管菜園僧人魯智深前來住持，自明日為始掌管，並不許閒雜人等入園攪擾。」有那幾個潑皮看了，便急急回報與為頭的。

那為首的便是原在殿前司為牌軍的張三，為因走了王進，被高太尉除了牌軍，再不任用。這張三與李四一腔怨氣，遊蕩在這東京城內。因是營內軍健出身，有那二十來個破落戶，便都聽他的。兩個帶同這二三十個賭博不成才破落戶潑皮，泛常在這園內偷盜菜蔬，靠著養身。種菜道人時常被侵害，不堪羅唣，又哪裏敢管他。都稱那白日鼠張三為「過街老鼠」。

張三又正在咒罵高俅不止。聽得眾潑皮來報說：「大相國寺裏差一個和尚，甚麼魯智深，來管菜園。」遂道：「我們趁他新來，尋一場鬧，一頓打下頭來，教那廝伏我們。」青草蛇李四道：「我有一個道理。他又不曾認的我，我們如何便去尋的鬧？等他來時，誘他去糞窖邊，只做恭賀他，雙手搶住腳，翻筋斗攧那廝下糞窖去，只是小耍他。」眾潑皮道：「好，好！」

二三十個潑皮，拿著些果盒酒禮，都來菜園。見那魯智深出到菜園地上，東觀西望，看那園圃。張三嘻嘻的笑道：「聞知和尚新來住持，我們鄰舍街坊都來作慶。」那智深道：「你們既是鄰舍街坊，都來廨宇裏坐地。」眾潑皮破落戶都不走動，只立在糞窖邊。智深大踏步近前，到眾人面前來。張三、李四便拜在地上道：「小人兄弟們特來參拜師父。」口裏說，便向前去，一個來搶左腳，一個來搶右腳。智深不等他佔身，右腳早起，騰的把李四先踢下糞窖裏去。張三恰待走，智深左腳早起，兩個都被踢在糞窖裏掙扎。後頭那二三十個破落戶，驚的目瞪癡呆，都待要走。智深喝道：

「一個走的，一個下去！兩個走的，兩個下去！」眾潑皮都不敢動彈。張三、李四在糞窖裏探起頭來。原來那座糞窖沒底似深，兩個一身臭屎，頭髮上蛆蟲盤滿，立在糞窖裏，叫道：「師父，饒恕我們！」智深喝道：「你那眾潑皮，快扶那鳥人上來，我便饒你眾人。」眾人打一救，攙到葫蘆架邊，臭穢不可近前。智深呵呵大笑道：「兀那蠢物！你且去菜園池子裏洗了來，和你眾人說話。」兩個洗了一回，眾人脫件衣服與他兩個穿了。那魯智深叫道：「都來廨宇裏坐地說話。」智深先居中坐了，指著眾人道：「你那夥鳥人，休要瞞洒家，你等都是甚麼鳥人，來這裏戲弄洒家？」這張三、李四並眾火伴一齊跪下，張三說道：「小人祖居在這裏，因惡了本官，被出了籍，都只靠賭博討錢為生。這片菜園是俺們衣飯碗，大相國寺裏幾番使錢要奈何我們不得。師父卻是哪裏來的長老？恁的了得！相國寺裏不曾見有師父。今日我等願情伏侍。」智深道：「洒家是關西延安府老种經略相公帳前提轄官，只為殺的人多，因此情願出家，五台山來到這裏。洒家俗姓魯，法名智深。休說你這三二十個人直甚麼，便是千軍萬馬隊中，俺敢直殺的入去出來！」

次日，張三、李四等人商量，湊些錢物，買了十瓶酒，牽了一個豬，來請智深。都在廨宇安排了，請魯智深居中坐了，兩邊一帶坐定那二三十潑皮飲酒。智深道：「甚麼道理，叫你眾人們壞鈔。」眾人道：「我們有福，今日得師父在這裏，與我等眾人做主。」智深大喜。吃到半酣裏，也有唱的，也有說的，也有拍手的，也有笑的。正在那裏喧哄，只聽得門外老鴉哇哇的叫。眾人有扣齒的，齊道：「赤口上天，白舌入地。」智深道：「你們做甚麼鳥亂？」眾人道：「老鴉叫，怕有口舌。」

智深道：「哪裏取這話！」李四道：「牆角邊綠楊樹上新添了一個老鴉巢，每日只咶到晚。」眾人道：「把梯子去上面拆了那巢便了。」有幾個道：「我們便去。」智深也乘著酒興，都到外面看時，果然綠楊樹上一個老鴉巢。眾人道：「把梯子上去拆了，也得耳根清淨。」李四便道：「我與你盤上去，不要梯子。」智深相了一相，走到樹前，把直裰脫了，用右手向下，把身倒繳著，卻把左手拔住上截，把腰只一趁，將那株綠楊樹帶根拔起。眾潑皮見了，一齊拜倒在地，只叫：「師父非是凡人，正是真羅漢！身體無千萬斤氣力，如何拔得起！」智深道：「打甚鳥緊！明日都看酒家演武。」眾人當晚各自散了。張三等便每日將酒肉來請智深，看他演武使拳。

過了數日，那魯智深備下了幾般果子，沽了兩三擔酒，殺翻一口豬、一腔羊。叫種菜道人在綠槐樹下鋪了蘆席，請張三、李四等團團坐定。大碗斟酒，大塊切肉，叫眾人吃得飽了。再取果子吃酒，又吃得正濃，眾人道：「這幾日見師父演力，不曾見師父家生器械，怎得師父教我們看一看也好。」智深道：「說的是。」自去房內取出渾鐵禪杖，頭尾長五尺，重六十二斤。眾人看了，盡皆吃驚，都道：「兩臂膊沒水牛大小氣力，怎使得動！」智深接過來，颼颼的使動，渾身上下，沒半點兒參差。眾人看了，一齊喝采。

智深正使得活泛，只見牆外一個官人看見，喝采道：「端的使得好！」智深聽得，收住了手看時，只見牆缺邊立著一個官人。口裏道：「這個師父端的非凡，使的好器械！」張三道：「這位教師喝采，必然是好。」智深問道：「怎地這般說？」張三答道：「他父親當年是東京第一位使槍的好手，京師哪個不讚林提轄。今日哪個不知八十萬禁軍槍棒教頭，林武師、林沖！」

第六回：鑒辯

高衙內看得呆了！

諸般有顏色的女子見得多了，這個最是不同。

那娘子正在五嶽樓下來。高衙內正在嶽廟裏浪蕩，迎面撞見，立時呆住。身後數個幫閒，手裏拿著彈弓、吹筒、粘竿，一齊向前，都立在欄杆邊，將人攔住了，不肯放。娘子身後的丫鬟見了，急急從側廊走了。

那娘子花容失色，蓮步後移。高衙內上前道：「你且上樓去，和你說話。」那娘子紅了臉道：「清平世界，是何道理，把良人調戲！」衙內又上前，嘻笑道：「娘子，愛煞俺了。」那娘子顫抖不止，向後退去。這衙內欺身而上，探手上去。突地肩胛被扳過去，動彈不得。身後一人喝道：「調戲良人妻子，當得何罪！」高衙內嚇住了，回身看去，好大一個拳頭恰待打下。定睛看時，認得是父親管下禁軍教頭林沖，登時不驚了，厲聲說道：「林沖，干你甚事，你來多管？」林沖手軟了。眾多閒漢見鬧，一齊攏來勸道：「教頭休怪，衙內不認的，多有衝撞。」林沖怒氣未消，一雙眼睜著瞅高衙內，眾閒漢勸了林沖，和哄高衙內出廟上馬去了。

魯智深提著鐵禪杖，引著張三、李四並二三十個破落戶，大踏步搶入嶽廟來。正遇林沖將引妻小並丫鬟錦兒，也轉出廊下來。林沖見了，叫道：「師兄，哪裏去？」智深道：「我來幫你廝打！」林沖道：「原來是本官高太尉的衙內，不認得荊婦，一時無禮。林沖本待要痛打那廝一頓，太尉面上須不好看。自古道：不怕官，只怕管。林沖不合吃著他的請受，權且讓他這一次。」智深道：「你卻怕他本官太尉，洒家怕他甚鳥！俺若撞見那撮鳥時，且教他吃洒家三百禪杖了去。」林沖便道：「師兄說得是。林沖一時被眾人勸了，權且饒他。」智深道：「但有事時，便來喚洒家與你去。」眾潑皮見智深醉了，扶著道：「師父，俺們且去，明日再得相會。」智深提著禪杖道：「阿嫂休怪，莫要笑話。阿哥，明日再得相會。」智深相別，自和潑皮回間壁菜園去了。於路之上，李四先笑道：「這花花太歲是高俅螟蛉之子。」張三接口道：「本是叔伯弟兄，卻與他做乾兒子。真是無廉恥。」智深哈哈大笑。張三又道：「林武師今番屈了。」智深道：「洒家為個叫金翠蓮的女子，三拳打死強佔她的破落戶。今與林教頭相逢結義，可為阿嫂再打一回。」

這高衙內自見了林沖娘子，又被他沖散了，心中好生著迷，快快不樂，回到府中納悶。過了三兩日，眾多閒漢都來伺候，見衙內自焦，沒撩沒亂，眾人散了。數內有一個幫閒的，喚作乾鳥頭富安，理會得高衙內意思，獨自一個到府中伺候。見衙內在書房中閒坐，那富安走近前去道：「衙內近日面色清減，心中少樂，必然有件不悅之事。」高衙內道：「你如何省得？」富安道：「小子一猜便著。」衙內道：「你猜我心中甚事不樂？」富安道：「衙內是思想那『雙木』的。這猜如何？」衙內笑道：「你猜得是。只沒個道理得那娘子。」富安道：「有何難哉！衙內怕林沖是個好漢，不敢欺他，這個無傷。他見在帳下聽使喚，大請大受，怎敢惡了太尉？輕則便刺配了他，重則害了他性命。小閒尋思有一計，使衙內能勾得那娘子。」高衙內聽的，便道：「自見了多少好女娘，不知怎的只愛這人，心中著迷，鬱鬱不樂。你有甚見識，能勾得時，我自重重的賞你。」富安道：「門下知心腹的陸虞候陸謙，他和林沖最好。明日衙內躲在陸虞候樓上深閣，擺下些酒食，卻叫陸謙去請林沖出來吃酒。教他直去樊樓上深閣裏吃酒，小閒便去他家對林沖娘子說道：『你丈夫教頭和陸謙吃酒，一時重氣，悶倒在樓上，叫娘子快去看哩。』賺得那娘子來到樓上。婦人家水性，見了衙內這般風流人物，再著些甜話兒調和，不由不肯。小閒這一計如何？」高衙內喝采道：「好條計！就今晚著人去喚陸虞候來分付了。」原來陸虞候家只在高太尉家隔壁巷內。次日，商量了計策，陸虞候一時聽允，也沒奈何，只要衙內歡喜，卻顧不得朋友交情。

林沖與陸謙出得門來。那娘子趕到布簾下，叫道：「大哥，少飲早歸。」二人向街上去了。挨了半個時辰，富安扮作慌慌急急狀，奔來林沖家裏，對那娘子說道：「我是陸虞候家鄰舍。你家教頭和陸謙吃酒，只見教頭一口氣不來，便重倒了！只叫娘子且快來看視。」娘子聽得，連忙央間壁王婆看了家，和錦兒跟那富安急去。直到太尉府前小巷內陸虞候家，上至樓上，只見桌子上擺著些酒食，不見林沖。恰待下樓，高衙內閃身出來道：「娘子少坐，你丈夫來也。」錦兒見狀，慌慌退下樓，急去了。高衙內無心糾纏那丫鬟，搶上前關了樓門。後轉身望定娘子，奸笑不止。林娘子驚叫道：「殺人啦！」高衙內逼進前來。林娘子叫道：「清平世界，如何把我良人妻子關在這裏！」高衙內嬉皮笑臉，探身道：「娘子，可憐見救俺！便是鐵石人，也告的回轉！」那娘子流下淚來。高衙內歡喜不已，心道：「今朝是得手了！」此時只聽腳步聲急，卻是林沖在門外叫道：「大嫂開門！」又有那錦兒高聲哭泣。高衙內又吃了一驚，斡開了樓窗，跳牆走了。

這高衙內吃了這一驚，不敢對高俅說知，因此竟在府中病了，容顏不好，精神憔悴，臥牀不起。陸謙和富安兩個來府裏探望。陸謙道：「衙內何故如此精神少樂？」衙內道：「實不瞞你們說，我為林沖老婆，兩次不能勾得，又吃他那一驚，這病越添得重了。眼見的半年三個月，性命難保。」陸謙道：「那日林沖把小人家打得粉碎，又拿了一把解腕尖刀，徑奔到樊樓前去尋，幸得小人走得快。」富安接道：「那林沖持刀，一連在陸虞候門前等了三日。」陸謙又道：「虧得老都管，叫小人躲在太尉府內。」衙內無心聽他兩個羅唕，急道：「如何收得這娘子？」二人道：「衙內且寬心，只在小人兩個身上，好歹要共那婦人圓聚，只除自縊死了便罷。」正說間，府裏老都管也來看衙內病症。

陸謙和富安見老都管來問病，兩個商量道：「只除恁的。」等候老都管看病已了出來，兩個邀老都管僻靜處說道：「若要衙內病好，只除教太尉得知，害了林沖性命，方能勾得他老婆和衙內在一處，這病便得好。若不如此，定送了衙內性命。」老都管道：「這個容易，老漢今晚便稟太尉得知。」

兩個道：「我們已有了計，只等你回話。」

老都管至晚來見太尉高俅，說道：「衙內不害別的症，卻害林沖的老婆。」高俅道：「幾時見了他的渾家？」老都管道：「便是前月二十八日，在嶽廟裏見來，今經一月有餘。」又把陸虞候設的計備細說了。高俅道：「如此，因為他渾家怎地害他？我尋思起來，若為惜林沖一個人時，須送了我孩兒性命，卻怎生是好？」都管道：「陸虞候和富安有計較。」高俅道：「既是如此，教喚二人來商議。」老都管隨即喚陸謙、富安，入到堂裏，唱了喏。高俅問道：「我這小衙內的事，你兩個有甚計較？救得我孩兒好了時，我自抬舉你二人。」陸虞候向前稟道：「恩相在上，只除如此如此使得。」高俅見說了，喝采道：「好計！派何人妥當？」都管道：「我已有三個人，正好行此事。」高俅點頭道：「明日便與我行。」

閱武坊。

牛二依著都管高福君的吩咐，穿一領舊戰袍，手裏拿著一口寶刀，插著個草標兒，立在街上。心中道：「怎地用我？莫不是因著那高俅，與我一般，都是潑皮破落戶。」

見林沖和魯智深兩個同行到來巷口，牛二急忙口裏自言自語說道：「好不遇識者，屈沉了我這口寶刀！」那兩個也不理會，只顧說著話走。牛二跟在背後道：「好口寶刀，可惜不遇識者！」林沖只顧和智深走著，說得入港。牛二趕上，又在背後說道：「偌大一個東京，沒一個識的軍器的！」林沖聽的說，回過頭來，牛二颼的把那口刀掣將出來，明晃晃的奪人眼目。林沖猛可地道：「將來看！」牛二遞將過來。林沖接在手內，同智深看了，吃了一驚，失口道：「好刀！你要賣幾錢？」牛二道：「索價三千貫，實價二千貫。」林沖道：「值是值二千貫，只沒個識主。你若一千貫肯時，我買你的。」牛二道：「我急要些錢使，你若端的要時，饒你五百貫，實要一千五百貫。」林沖道：「只是一千貫，我便買了。」牛二嘆口氣道：「金子做生鐵賣了，罷，罷！一文也不要少了我的。」林沖道：「跟我來家中取錢還你。」回身卻與智深道：「師兄且在茶房裏少待，小弟便來。」智深道：「洒家且回去，明日再相見。」林沖別了智深，自引了牛二走，去家去取錢與他。將銀子折算價貫，準還與他，就問道：「你這口刀哪裏得來？」牛二依計道：「小人祖上留下。因為家道消乏，沒奈何，將出來賣了。」林沖道：「你祖上是誰？」牛二道：「若說時，辱沒殺人！」

老都管賞了牛二，叫他自去了。又叫富安喚了張金剛、張立剛兄弟二個來，吩咐明日如何行事。

次日巳牌時分，張家弟兄扮作承局，到林沖門首大叫道：「林教頭，太尉鈞旨，道你買一口好刀，就叫你將去比看。太尉府裏專等。」林沖聽得，說道：「又是甚麼多口的報知了。」兩個催得林沖穿了衣服，拿了那口刀，隨著來。一路上，林沖道：「我在府中不認的你。」兩個人說道：「小人新近參隨。」林沖看時，兩個相貌相仿。卻早來到府前，進得到廳前，林沖立住了腳。兩個又道：

「太尉在裏面後堂內坐地。」轉入屏風，至後堂，又不見太尉。林沖又住了腳。兩個又道：「太尉直在裏面等你，叫引教頭進來。」又過了兩三重門，到一個去處，一周遭都是綠欄杆。兩個又引林沖到堂前，說道：「教頭，你只在此少待，等我入去稟太尉。」兩個人入去裏面，又從側門轉出外面，見高太尉背身立在那裏。老都管以目示意，二人躬身退去。

高太尉立了一盞茶時間，舉步進入堂裏。見那林沖拿著刀，呆立在那。他頭頂匾額上有四個青字，寫道：白虎節堂。林沖聽的靴履響、腳步鳴，慌忙回身，執刀向前聲喏。高太尉喝道：「林沖，你又無呼喚，安敢輒入白虎節堂！你既是禁軍教頭，知法度否？你手裏拿著刀，莫非來刺殺下官？有人對我說，你兩三日前拿刀在府前伺候，必有歹心。」林沖躬身稟道：「恩相，恰才蒙兩個承局呼喚林沖，將刀來比看。」太尉喝道：「承局在哪裏？」林沖道：「恩相，他兩個已投堂裏去了。」太尉又喝道：「承局怎生模樣？」林沖道：「他兩個容貌相像。」太尉道：「胡說！世間豈有此等事，甚麼容貌相像。甚麼承局敢進我府堂裏去。左右，與我拿下這廝！」說猶未了，旁邊耳房裏走出二十餘人，把林沖橫推倒拽在堂前。高太尉高聲喝叫左右排列軍校，拿下林沖，命陸虞候道：「解去開封府，分付滕知府好生推問，勘理明白處決。就把寶刀封了去。」

殿帥府。

太尉高俅正在翻閱皇帝御筆親書的《茶論》，這一篇喚做〈鑒辯〉，是為：

茶之範度不同，如人之有首面也。膏稀者，其膚蹙以文；膏稠者，其理歛以實；即日成者，其色則青紫；越宿制造者，其色則慘黑。有肥凝如赤蠟者。末雖白，受湯則黃；有縝密如蒼玉者，末雖灰，受湯愈白。有光華外暴而中暗者，有明白內備而表質者，其首面之異同，難以概論，要之，色瑩徹而不駁，質縝繹而不浮，舉之凝結，碾之則鏗然，可驗其為精品也。有得於言意之表者，可以心解，又有貪利之民，購求外焙已採之芽，假以制造，碎已成之餅，易以範模。雖名氏採制似之，其膚理色澤，何所逃於鑒賞哉。

昨日陸謙拿了開封府滕知府回文覆命，言那林沖已被取刑具枷杻來枷了，推入牢裏監下。高俅親去安撫衙內一番，心情舒暢，昨夜睡得甚好。今日神情大好，晨起展卷消遣。看到這裏，口中輕聲道：「茶之範度不同，人之首面不同，命之貴賤不同。林沖，你莫怨本殿帥。我這孩兒不可因你的渾家送了性命！高門萬不能絕後！」

老都管入來，輕聲道：「滕知府到。」高俅輕放書卷，朗聲道：「叫他入來。」滕知府拜過太尉，直抒來意，道：「林沖的丈人張教頭來買上告下，使用財帛。上下人等，皆來替林沖申辯。我欲斷認他做『不合腰懸利刃，誤入節堂』，脊杖二十，刺配遠惡軍州。特來請太尉裁定！」高俅放下茶盞，目視知府。見那知府目光如炬。高俅情知理短，然自任殿帥以來，凡事無不遂意，不免不快，面色一沉，問道：「當配哪座軍州？」知府回道：「量地方遠近，該配滄州。」高太尉腦中立時閃過一人，笑道：「這林沖亦是一條好漢，雖有過錯在先，本帥愛他本領。你速決，斷滄州！」

開封府衙。

林沖戴一面七斤半團頭鐵葉護身枷，貼了封皮，押了牒文，刺了面頰，由兩個防送公人監押出府門來。兩個公人是董超、薛霸。

有那金槍班教頭徐寧，綽號「金槍手」，受一眾教師之托，前來與林教頭話別。兩個武師，相對無言，灑淚相別。

張教頭並眾鄰舍，也都候在開封府前接著，同林沖並兩個公人，到天漢州橋下酒店裏坐定。張教頭叫酒保安排案酒果子，管待兩個公人。酒至數杯，只見張教頭將出銀両，齎發他兩個防送公人已了。林沖執手對丈人說道：「泰山在上，年災月厄，撞了高衙內，吃了一場屈官司。今日有句話說，上稟泰山。自蒙泰山錯愛，將令愛嫁事小人，已經三載，不曾有半些兒差池。雖不曾生半個兒女，未曾面紅面赤，半點相爭。今小人遭這場橫事，配去滄州，生死存亡未保。娘子在家，小人心去不穩，誠恐高衙內威逼這頭親事。況兼青春年少，休為林沖誤了前程。小人今日就高鄰在此，明白立紙休書，任從改嫁，並無爭執。如此，林沖去的心穩，免得高衙內陷害。」張教頭道：「林沖，甚麼言語！你是天年不齊，遭了橫事，又不是你作將出來的。今日權且去滄州躲災避難，早晚天可憐見，放你回來時，依舊夫妻圓聚。老漢家中也頗有些過活，明日便取了我女家去，並錦兒，不揀怎的，三年五載，養贍得她。又不叫她出入，高衙內便要見也不能。休要憂心，都在老漢身上。你在滄州牢城，我自頻頻寄書並衣服於你。休得要胡思亂想，只顧放心去。」兩個正淒然，只見林沖的娘子號天哭地叫將來。丫鬟錦兒抱著一包衣服，一路尋到酒店裏。林沖見了，起身接著。那婦人心中哽咽，又見了官人杖傷，一時哭倒，聲絕在地。林沖與泰山張教頭救得起來，半晌方才蘇醒，也自哭不住。間壁王婆與眾鄰舍婦人皆來勸林沖娘子，攙扶回去。張教頭囑咐林沖道：「你顧前程去，掙扎回來廝見。你的老小，我明日便取回去養在家裏，待你回來圓聚。你但放心去，不要掛念。如有便人，千萬頻頻寄些書信來。」林沖起身謝了，拜辭泰山並眾鄰舍，背了包裹，隨著公人去了。

張教頭同眾鄰舍取路回家，心下悲痛不已。那王婆的兒子，名叫王永斌。一面攙著張教頭，一面口中罵道：「高俅這潑皮，先是害了王教頭，今又害了林教頭，這南衙開封府、殿帥府、東京城都不是朝廷的，是高家的不成？」

第七回：白茶

白秀英被太尉高俅強佔了！

王永斌怎會料到，母子二人前幾日尚在嗟嘆林沖一家的遭遇，今日災禍便落到自家來。男大當婚，女大當嫁。這王婆與兒子說了白玉喬的女兒為妻。這白老漢是東京人氏，如今年邁，有個女兒秀英，歌舞吹彈，樣樣出眾，更生得一副好模樣：櫻桃口，杏臉桃腮；楊柳腰，蘭心蕙性。歌喉宛轉，舞態蹁躚。王家子母看那女兒時，果然是色藝雙絕。王永斌喜那容貌，白秀英愛這淳厚。王婆與白玉喬歡天喜地定下了婚事。婚事在即，怎知那秀英隨老父在勾欄裏說唱諸般品調時，遭遇太尉高俅。這高太尉自收了高尺為子後，於男女之事上已不甚上心。這日一見白秀英，猛可地又生出了想法。

那夜，高太尉捧讀《茶論》，卷上文字突地跳躍而舞，恍如日間所見那白氏女秀英的身姿：

> 白茶自力一種，與常茶不同，其條敷闡，其葉瑩薄。崖林之間，偶然生出，雖非人力所可致。有者不過四、五家，生者不過一、二株，所造止於二、三胯而已。芽英不多，尤難蒸培，湯火一失，則已變而為常品。須制造精微，運度得宜，則表裏昭徹，如玉之在璞，它無與倫

也；淺焙亦有之，但品不及。

「白茶。自為一種，與常茶不同。這白秀英，亦自為一種，更與尋常美豔女子不同。」高太尉著魔一般，自語道：「白茶芽英不多，此般女子更是不多。想府中雖有幾房妻妾，又無真心喜愛者。這白氏女，不知怎地，正合心意。」

次日，老都管高福君奉太尉命，捧黃金、紅錦找那白老漢提親，言說太尉要納白秀英之意。這白玉喬是個倚仗女兒討生活的人，又貪財成性、見利忘義，一見這等好事，連忙應了。與那女兒說了，白秀英也自歡喜不跌。父女兩個以太尉逼迫為由，在王婆子母面前哭泣不休。王永斌捶胸頓足，幾不欲生。

又次日，就著高都管在馬行街內，討了一所樓房，置辦些家火什物安頓了白秀英兩個，在那裏居住。打扮得白秀英滿頭珠翠，遍體綾羅。當夜便是洞房花燭，高太尉見這白秀英，又是不同顏色。大喜過望，頓感周身力量。自此夜夜與秀英一處歇臥，春風得意。

張三、李四兩個正在計議。

那日，林沖被斷配出了東京。魯智深急喚二人到大相國寺菜園裏廨宇。兩個看時，智深穿一領皂布直裰，跨一口戒刀，提一條禪杖。問道：「師父意欲何往？」智深道：「自從林教頭受官司，俺又無處去救。打聽的他斷配滄州，洒家在開封府前又尋不見。卻聽得人說，監在使臣房內，又不得見。後又見那兩個防送公人從一間酒店出來，口中說道甚麼『虞候……太尉』，以此洒家疑心，放心不下。恐這廝們路上害他，俺特地要跟將去。」張三、李四齊道：「此去滄州，山長水遠。小人兄弟們掛念師父。」智深看著二人道：「俺此一去，怕回不得大相國寺了。高俅那直娘賊必然恨殺洒家。只得再度逃走在江湖上。」張三、李四聽得，雙雙跪將下去。智深扶起二人道：「你兩個若有心，便幫洒家照看阿嫂並張教頭。」兩個連連應允。眼見得魯智深大踏步去了……

不幾日，高太尉著陸謙去張教頭家，威逼親事。卻是那高俅自得了白秀英，心情大好，也要一併做成乾兒子那樁好事。父女兩個自是不允。那陸謙倒也不厭其煩，日日跑去威逼不止。一日夜裏，林沖娘子自縊身死。張教頭憂傷過度，悶得吐出血來，染患臥牀。止剩得丫鬟錦兒，一面啼哭林娘子，一面照料張教頭。東京城裏人聞得，不免各個感嘆。

張三、李四兩個，思來想去，覺得有負智深師父所托，懊惱不已。這兩個聚在一處，計議許久……

乾鳥頭富安躡手躡腳溜進高衙內房內。衙內因死了林娘子，正自氣悶。見富安進來，也不理他。這乾鳥頭滿面堆笑，湊上前去，衙內仍就不語。富安把頭伸將前去，在高衙內身邊輕語。衙內聽罷，神情一振，面現笑容，問道：「當真豔過林沖娘子？」乾鳥頭不住點頭。高衙內忽地起身，笑道：「速去！速去！」

張三、李四立在馬行街口。見富安帶了高衙內過去，急急迎上前去，行禮不止。衙內急道：「免禮。那女娘何在？」張三躬身道：「衙內受累，隨我等來。」兩個在前邊帶路，高衙內緊隨，富安在後跟著。半盞茶時間，張三、李四在一所樓房前停住腳步。張三又躬身道：「衙內，便是這裏。那嬌娘住在樓上。」高衙內一揮手，富安上前拍門。片刻，屋內傳來應答聲，「來啦，來啦。」話音未落，一老漢推門出來。張三、李四與富安三人對視一眼，各自動作。張三、李四兩個上前，一左一右架住老漢兩條臂膊，急步向街口竄去，那老漢慌亂道：「你等是甚人，抓小老兒何往？你可知這是誰的宅第？」話猶未了，三人已出了馬行街，不知何處去了。

富安以目示意，高衙內興沖沖向樓上去了。這富安關閉房門，守在門外。隨即，耳畔傳來衙內的淫笑聲、女子的哭叫聲……

白玉喬哭喊著找到老都管高福君，哭訴女兒白秀英被人玷污了，求太尉做主。高都管聞聽大驚，稍事安撫後，問道：「可知是何人所為？」白玉喬斷續說罷幾人樣貌、裝束，高都管立時失色，面色陰沉。口中道：「你且稍等，我去稟報太尉知道。」言罷，徑直去了衙內房中，果然不在，又去了書房，也無身影。急尋至花園，見幾個太尉妻妾，問時，都道：「衙內隨那乾鳥頭急急出府去了。」高都管聞言，立時捶胸頓足……

白家父女終是不得見太尉。入夜，高福君帶了一包金銀過來，沉聲道：「太尉念你青春年少，有意許套富貴與你。今已抬舉你那舊識王永斌為濟州鄆城知縣，你父女收拾一下，即日隨他上任去吧！」白秀英張口欲要哭訴，那老都管已轉身去了。父女二人抱頭痛哭一番，商量道：「跟了太尉，終是養在外的，不是長久之計。那王永斌最是真心，如今又任了知縣，亦有前程。又得了許多金銀。便去鄆城縣也好。」

帥府內。

高俅坐在書房，滿面怒氣。高衙內跪在地上，一言不發。高都管立在當地，不敢言語。正僵持間，陸謙急步進來，正欲施禮，高太尉擺手制止，厲聲道：「如何？」高謙忽地跪下，稟道：「小人無能。那張三、李四，不知何處去了！」

城門外。

兩騎馬上正是過街老鼠張三與青草蛇李四。兩個回身望著東京城。李四問道：「去投何人？」張三不答，縱馬向前，李四亦不再問，催馬跟上……

幾日後，白秀英父女兩個隨同王永斌子母兩個，離了東京城，向鄆城縣進發……

第八回：羅碾

滄州。郊野。古道。孤村。

路旁酒店。林沖讓董超、薛霸上首坐了，三個坐了半個時辰，無一人來問。林沖等得不耐煩，把桌子敲著說道：「你這店主人好欺客，見我是個犯人，便不來睬著，我須不白吃你的，是甚道理？」主人說道：「你這是原來不知我的好意。」林沖道：「不賣酒肉與我，有甚好意？」店主人道：「你不知俺這村中有個大財主，姓柴名進，此間稱為柴大官人，江湖上都敬服。他是大周柴世宗子孫，自陳橋讓位，太祖武德皇帝敕賜與他誓書鐵券在家中，誰敢欺負他？專一招接天下往來的好漢，三五十個養在家中，常常囑咐我們酒店裏：『如有流配來的犯人，可叫他投我莊上來，我自資助他。』我如今賣酒肉與你，吃得面皮紅了，他道你自有盤纏，便不助你。我是好意。」林沖聽了，對兩個公人道：「我在東京教軍時，常常聽得軍中人傳說柴大官人名字，卻原來在這裏。我們何不同去投奔他。」董超、薛霸尋思道：「既然如此，有甚虧了我們處？」就便收拾包裹，和林沖問道：「酒店主人，柴大官人莊在何處，我等正要尋他。」店主人道：「只在前面，約過三二里路，大石橋邊轉彎抹角，那個大莊院便是。」

林沖等謝了店主人，三個出門，果然三二里，見座大石橋。過得橋來，一條平坦大路，早望見綠柳蔭中顯出那座莊院。四下一周遭一條澗河，兩岸邊都是垂楊大樹，樹蔭中一遭粉牆。轉彎來到莊前，看時，好個大莊院。

三個人來到莊上，見那條闊板橋上，坐著四五個莊客，都在那裏乘涼。三個人來到橋邊，與莊客施禮罷，林沖說道：「相煩大哥報與大官人知道：京師有個犯人，送配牢城，姓林的求見。」莊客齊道：「你沒福，若是大官人在家時，有酒食錢財與你，今早出獵去了。」林沖道：「不知幾時回來？」莊客道：「說不定，敢怕投東莊去歇，也不見得——許你不得。」林沖道：「如此是我沒福，不得相遇，我們去罷。」別了眾莊客，和兩個公人再回舊路，肚裏好生愁悶。

行了半里多路，只見遠遠的從林子深處，一簇人馬飛奔莊上來，中間捧著一位官人，騎一匹雪白龍駒馬。馬上那人，生得龍眉鳳目，皓齒朱唇。頭戴一頂皂紗轉角簇花巾，身穿一領紫繡團胸繡花袍，腰繫一條玲瓏嵌寶玉環絛，足穿一雙金線抹綠皂朝靴。帶一張弓，插一壺箭，引領從人，都到莊上來。林沖看了，尋思道：「敢是柴大官人麼？」又不敢問他，只自肚裏躊躇。只見那馬上的官人勒馬問道：「這位帶枷的是甚人？」林沖慌忙躬身答道：「小人是東京禁軍教頭，姓林，名沖，為因惡了高太尉，尋事發下開封府，問罪斷遣，刺配此滄州。聞得前面酒店裏說，這裏有個招賢納士好漢柴大官人，因此特來相投。不期緣淺，不得相遇。」那官人滾鞍下馬，飛近前來，說道：「柴進有失迎迓。」就草地上便拜。林沖連忙答禮。那官人攜住林沖的手，同行到莊上來。那莊客們看見，大開了莊門，柴進直請到廳前。兩個敘禮罷，柴進說道：「小可久聞教頭大名，不期今日來踏賤地，足稱平生渴仰之願。」林沖答道：「微賤林沖，聞大人貴名，傳播海宇，誰人不敬？不想今日因得罪犯，流配來此，得識尊顏，宿生萬幸。」柴進再三謙讓，林沖坐了客席；董超、薛霸也一帶坐了。跟柴進的伴當，各自牽了馬，去院後歇息。

柴進便喚莊客，叫將酒來。不移時，只見數個莊客托出一盤肉，一盤餅，溫一壺酒；又一個盤子，托出一斗白米，米上放著十貫錢，都一發將出來。柴進見了道：「村夫不知高下，教頭到此，如何恁地輕意？快將進去。先把果盒酒來，隨即殺羊相待，快去整治。」林沖起身謝道：「大官人，不必多賜，只此十分夠了。」柴進道：「休如此說。難得教頭到此，豈可輕慢。」莊客不敢違命，先捧出果盒酒來。柴進起身，一面手執三杯。林沖謝了柴進，飲酒罷，兩個公人一同飲了。柴進說：「教頭請裏面少坐。」柴進隨即解了弓袋箭壺，就請兩個公人一同飲酒。

柴進當下坐了主席，林沖坐了客席，兩個公人在林沖肩下。敘說些閒話，江湖上的勾當，不覺紅日西沉。安排得酒食果品海味，擺在桌上，抬在各人面前。柴進親自舉杯，把了三巡，坐下叫道：「且將湯來吃。」吃得一道湯，五七杯酒，只見莊客來報道：「教師來也。」柴進道：「就請來一處坐地相會亦好，快抬一張桌來。」林沖起身看時，只見那個教師入來，歪戴著一頂頭巾，挺著脯子，來到後堂。林沖尋思道：「莊客稱他做教師，必是大官人的師父。」急急躬身唱喏道：「林沖謹參。」那人全不睬著，也不還禮。林沖不敢抬頭。柴進指著林沖對那洪教頭道：「這位便是東京八十萬禁軍槍棒教頭林武師林沖的便是，就請相見。」林沖聽了，看著洪教頭便拜。那洪教頭說道：「休拜，起來。」卻不躬身答禮。柴進看了，心中好不快意。林沖拜了兩拜，起身讓洪教頭坐。洪教頭亦不相讓，便去上首便坐。柴進看了，又不喜歡。林沖只得肩下坐了，兩個公人亦就坐了。

洪教頭便問道：「大官人今日何故厚禮管待配軍？」柴進道：「這位非比其他的，乃是八十萬禁軍教頭。師父如何輕慢？」洪教頭道：「大官人只因好習槍棒，往往流配軍人都來倚草附木，皆道我是槍棒教師，來投莊上，誘些酒食錢米。大官人如何忒認真？」林沖聽了，並不做聲。柴進說道：「凡人不可易相，休小覷他。」洪教頭怪這柴進說「休小覷他」，便跳起身來道：「我不信他，他敢和我使一棒看，我便道他是真教頭。」柴進大笑道：「也好！也好！林武師，你心下如何？」林沖道：「小人卻是不敢。」洪教頭心中忖量道：「那人必是不會，心中先怯了。」因此越來惹林沖使棒。柴進一來要看林沖本事；二者要林沖贏他，滅那廝嘴。柴進道：「且把酒來吃著，待月上來也罷。」

當下又吃過了五七杯酒，卻早月上來了，照見廳堂裏面，如同白日。柴進起身道：「二位教頭較量一棒。」林沖自肚裏尋思道：「這洪教頭必是柴大官人師父，若我一棒打翻了他，須不好看。」柴進見林沖躊躇，便道：「此位洪教頭也到此不多時，此間又無對手。林武師休得要推辭，小可也正要看二位教頭的本事。」柴進說這話，原來只怕林沖礙柴進的面皮，不肯使出本事來。林沖見柴進說開就裏，方才放心。只見洪教頭先起身道：「來，來，來！和你使一棒看。」一齊都哄出堂後空地上。莊客拿一束棍棒來，放在地下。洪教頭先脫了衣裳，拽紮起裙子，掣條棒，使個旗鼓，喝道：「來，來，來！」柴進道：「林武師，請較量一棒。」林沖道：「大官人，休要笑話。」就地也拿了一條棒起來道：「師父請教。」洪教頭看了，恨不得一口水吞了他，把棒就地下鞭了一棒，來搶林沖。林沖退後躲過。那洪教頭以為他怯，欺身搶上，把棒來盡心使個旗鼓，吐個門戶，喚做「把火燒天勢」。明月地下，林沖將棒一橫，使個門戶，吐個勢，喚做「撥草尋蛇勢」。洪教頭喝一聲：「來，來，來！」便使棒蓋將入來。林沖望後一退，洪教頭趕入一步，提起棒，又復一棒下來。林沖看他腳步已亂了，便把棒從地下一跳，洪教頭措手不及，就那一跳裏，和身一轉，那棒直掃著洪教頭臁兒骨上，撇了棒，撲地倒了。柴進大喜，叫快將酒來把盞。眾人一齊大笑。洪教頭哪裏掙扎起來。眾莊客一頭笑著，扶了洪教頭，羞顏滿面，自投莊外去了。

眾人又再坐了。柴大官人忽起身向林沖道：「小可一時失了禮！」便叫莊客取十兩銀子，對押解兩個公人道：「小可大膽，相煩二位下顧，權把林教頭枷開了，明日牢城營內但有事務，都在小可身上，白銀十両相送。」董超、薛霸見了柴進人物軒昂，不敢違他，落得做人情，又得了十両銀子，亦不怕他走了。薛霸隨即把林沖護身枷開了。柴進携住林沖的手，再入後堂飲酒。

柴進留林沖在莊上，一連住了幾日，每日好酒好食相待。又住了五七日，兩個公人催促要行。柴進又置席面相待送行；又寫兩封書，分付林沖道：「滄州王知府也與柴進好，牢城管營、差撥，亦與柴進交厚。可將這兩封書去下，必然看覷教頭。」即捧出二十五両一錠大銀，送與林沖，又將銀五両齎發兩個公人。吃了一夜酒。次日天明，吃了早飯，叫莊客挑了三個的行李，林沖依舊帶上枷，辭了柴進便行。柴進送出莊門作別，分付道：「待幾日小可自使人送冬衣來與教頭。」林沖謝道：「如何報謝大官人！」兩個公人亦忙不跌相謝。

三人取路投滄州來，將及午牌時候，已到滄州城裏，雖是個小去處，亦有六街三市。徑到州衙裏下了公文，當廳引林沖參見了知府王新明，當下收了林沖，押了回文，一面帖下，判送牢城營內來。兩個公人自領了回文，相辭回京了。

東京。帥府。

董超、薛霸伏首跪地，口中顫聲道：「小人等依陸虞候傳太尉吩咐：力而速！不欲久！正要在野豬林裏結果了那林沖，未料，忽地跳出大相國寺魯智深，救了林沖。那和尚又直送到滄州，有那柴大官人庇護，因此更加害他不得。」高太尉震怒，心中恨恨道：「又是柴氏！」口中吩咐道：「速差陸謙帶人去捉拿那野和尚！」過不多時，陸虞候飛奔回報：「那和尚逃走在江湖上。只拿得幾個種菜道人，不知他去向。小人氣急，一把火燒了那菜園裏廨宇。」高俅瞪視陸謙，道：「你直去滄州，取了那林沖性命！」陸虞候應聲退出。

高太尉立而不語。董、薛二人伏首在地，怎敢抬頭。屋內一片沉寂。良久，老都管輕聲道：「這二人，如何處置？」董超、薛霸立時叩首不止。高俅不做聲。老都管道：「且刺配北京，那留守中書梁世傑是蔡太師的女婿。這二人去，或有機會將功補過！」高俅點頭應了。

月朗星稀。

一縷月光，直射幾案書卷，字跡朦朧：

碾以銀為上，熟鐵次之，生鐵者非掏揀捶磨所成，間有黑屑藏乾隙穴，害茶之色尤甚，凡碾為制，槽欲深而峻，輪欲銳而薄。槽深而峻，則底有准而茶常聚；輪銳而薄，則運邊中而槽不戛。羅欲細而面緊，則絹不泥而常透。碾必力而速，不欲久，恐鐵之害色。羅必輕而平，不厭數，庶已細青不耗。惟再羅則入湯輕泛，粥面光凝，盡茶之色。

第九回：盞

盞色貴青黑，玉毫條達者為上，取其煥發茶采色也。底必差深而微寬，底深則茶直立，易於取乳；寬則運筅旋徹，不礙擊拂。然須度茶之多少，用盞之小大。盞高茶少，則掩蔽茶色；茶多盞小，則受湯不盡。盞惟熱，則茶發立耐久。

柴進擲卷於案，來回踱步，口中自語道：「那高太尉是盞，這林武師是茶。盞高茶少則掩蔽茶色，茶多盞小則受湯不盡。然茶盞相依，無盞、茶不成茶；無茶，盞亦何為？但願這潑皮破落戶，能放下心魔、放過善人義士！」

牢城營。點視廳。管營對林沖說道：「你來這裏許多時，柴大官人面皮，不曾抬舉的你，此間東門外十五裏有座大軍草場，每月但是納草納料的，有些常例錢取覓。如今我抬舉你去，你在那裏尋幾貫盤纏。你可和差撥便去那裏交割。」林沖應道：「小人便去。」

林沖自到下處取了包裹，帶了尖刀，拿了條花槍，與差撥一同拜辭管營，兩個取路投草料場來。正是嚴冬天氣，彤雲密佈，朔風漸起，卻早紛紛揚揚捲下一天大雪來。林沖和差撥兩個在路上，又沒買酒吃處，早來到草料場外。看時，一周遭有些黃土牆，兩扇大門。推開看裏面時，七八間草屋做著倉廒，四下裏都是馬草堆，中間兩座草廳。到那廳裏，升起火來。差撥説道：「倉廒內自有官司封記。這幾堆草，一堆堆都有數目。」又指壁上掛一個大葫蘆，說道：「你若買酒吃時，只出草場，投東大路去三二裏，便有市井。」言罷，差撥自回營裏去。

林沖就牀上放了包裹被臥，就坐上生些焰火起來。屋邊有一堆柴炭，拿幾塊來生在地爐裏。仰面看那草屋時，四下裏崩壞了，又被朔風吹撼，搖振得動。林沖道：「這屋如何過得一冬？待雪晴了，去城中喚個泥水匠來修理。」向了一回火，覺得身上寒冷，尋思：「卻才所說二裏路外有那市井，何不去沽些酒來吃？」便去包裹裏取些碎銀子，把花槍挑了酒葫蘆，將火炭蓋了，取氈笠子戴上，拿了鑰匙出來，把草廳門拽上；出到大門首，把兩扇草場門反拽上鎖了；帶了鑰匙，信步投東。雪地裏踏著碎瓊亂玉，迤邐背著北風而行。那雪正下得緊，行不上半里多路，看見一所古廟，林沖頂禮道：「神明庇佑，改日來燒紙錢。」又行了一回，望見一簇人家，林沖住腳看時，見籬笆中挑著一個草帚兒在露天裏。林沖徑到店裏，先燙一壺熱酒，吃了數杯。又自買了些牛肉，買了一葫蘆酒，留下些碎銀子。把花槍挑著酒葫蘆，懷內揣了牛肉，叫聲相擾，便出籬笆門，仍舊迎著朔風回來。看那雪，到晚越下得緊了。

林沖踏著那瑞雪，迎著北風，飛也似奔到草場門口開了鎖，入內看時，只叫得苦。原來那兩間草廳，已被雪壓倒了。林沖尋思：「怎地好？」放下花槍、葫蘆在雪裏。恐怕火盆內有火炭延燒起來，搬開破壁子，探半身入去摸時，火盆內火種都被雪水浸滅了。林沖把手牀上摸時，只拽得一條絮被。林沖鑽將出來，見天色黑了，尋思：「又沒把火處，怎生安排？」想起：「離了這半里路上，有一古廟，可以安身。我且去那裏宿一夜，等到天明，卻作理會。」把被捲了，花槍挑著酒葫蘆，依舊把門拽上，鎖了，望那廟裏來。入得廟門，再把門掩上，旁邊上有一塊大石頭，掇將過來，靠了門。入得裏面看時，殿上塑著一尊金甲山神，兩邊一個判官，一個小鬼，側邊堆著一堆紙。團團看來，又沒鄰舍，又無廟主。林沖把槍和酒葫蘆放在紙堆上，將那條絮被放開；先取下氈笠子，把身上雪都抖了，把上蓋白布衫脫將下來，早有五分濕了，和氈笠放在供桌上；把被扯來蓋了半截下身。卻把葫蘆冷酒提來慢慢地吃，就將懷中牛肉下酒。

正吃時，只聽得外面必必撲撲地爆響。林沖跳起身來，就壁縫裏看時，只見草料場裏火起，刮刮雜雜的燒著。林沖便拿了花槍，卻待開門來救火，只聽得外面有人說將話來。林沖就伏門邊聽時，是三個人腳步響，直奔廟裏來。用手推門，卻被石頭靠住了，推也推不開。三人在廟簷下立地看火。數內一個道：「這條計好麼？」一個應道：「端的虧管營與你用心！回到京師，稟過太尉，都保你二位做大官。」那個道：「小人直爬入牆裏去，四下草堆上，點了十來個火把，待走哪裏去？」又一個道：「這早晚燒個八分過了。便逃得性命時，燒了大軍草料場，也得個死罪。我們回城裏去罷。」先前那個道：「再看一看，拾得他一兩塊骨頭回京，府裏見太尉和衙內時，也道我們也能會幹事。」

林沖聽得三個人時，一個是差撥，一個是陸謙，一個是富安。自思道：「天可憐見林沖！若不是倒了草廳，我準定被這廝們燒死了。」輕輕把石頭掇開，挺著花槍，左手拽開廟門，大喝一聲：「潑賊哪裏去？」三個人都急要走時，驚得呆了，正走不動。林沖舉手，肐察的一槍，先刺倒差撥。陸虞候叫聲：「饒命！」嚇得慌了手腳，走不動。那富安走不到十來步，被林沖趕上，後心只一槍，又搠倒了。翻身回來，陸虞候卻才行得三四步，林沖喝聲道：「好賊，你待哪裏去！」批胸只一提，丟翻在雪地上。把槍搠在地裏，用腳踏住胸脯，身邊取出那口刀來，便去陸謙臉上擱著，喝道：「潑賊，我自來又和你無甚麼冤仇，你如何這等害我？正是殺人可恕，情理難容。」陸虞候告道：「不幹小人事，太尉差遣，不敢不來。」林沖罵道：「奸賊，我與你自幼相交，今日倒來害我，怎不幹你事？且吃我一刀！」把陸謙上身衣服扯開，把尖刀向心窩裏只一剜，七竅迸出血來，將心肝提在手裏。回頭看時，差撥正爬將起來要走。林沖按住喝道：「你這廝原來也恁的歹！且吃我一刀。」又早把頭割下來，挑在槍上。回來，把富安、陸謙頭都割下來。把尖刀插了，將三個人頭髮結做一處，提入廟裏來，都擺在山神面前供桌上。再穿了白布衫，繫了搭膊，把氈笠子帶上，將葫蘆裏冷酒都吃盡了。被與葫蘆都丟了不要，提了槍，便出廟門投東去。走不到三五里，早見近村人家都拿著水桶鉤子來救火。林沖道：「你們快去救應，我去報官了來。」提著槍只顧走。

那雪，越下的猛。

林沖走了兩個更次，身上單寒，當不過那冷。在雪地裏看時，離得草料場遠了。只見前面疏林深處，樹木交雜，遠遠地數間草屋，被雪壓著，破壁縫裏透出火光來。林沖徑投那草屋來。推開門，只見那中間坐著一個老莊客，周圍坐著四五個小莊家向火。地爐裏面焰焰地燒著柴火。林沖走到面前叫道：「眾位拜揖，小人是牢城營差使人，被雪打濕了衣裳，借此火烘一烘，望乞方便。」老莊客道：「你自烘便了，何妨得！」林沖烘著身上濕衣服，略有些乾，只見火炭邊煨著一個甕兒，裏面透出酒香。林沖便道：「小人身邊有些碎銀子，望煩回些酒吃。」老莊客道：「我們每夜輪流看米囤，如今四更天氣正冷，我們這幾個吃尚且不夠，哪得回與你。休要指望！」林沖又道：「胡亂只回三兩碗與小人擋寒。」老莊客道：「你那人休纏休纏。」林沖聞得酒香，越要吃，說道：「沒奈何，回些罷。」眾莊客道：「好意著你烘衣裳向火，便來要酒吃！去便去，不去時，將來吊在這裏。」林沖怒道：「這廝們好無道理！」把手中槍看著塊焰焰著的火柴頭，望老莊客臉上只一挑將起來，又把槍去火爐裏只一攪，那老莊客的髭鬚焰焰的燒著，眾莊客都跳將起來。林沖把槍桿亂打，老莊客先走了，莊客們都動彈不得，被林沖趕打一頓，都走了。

林沖道：「都去了，老爺快活吃酒。」土坑上卻有兩個椰瓢，取一個下來，傾那甕酒來，吃了一會，剩了一半。提了槍，出門便走。一步高，一步低，踉踉蹌蹌，捉腳不住。走不過一里路，被朔風一掉，隨著那山澗邊倒了，哪裏掙得起來。大凡醉人一倒，便起不得。當時林沖醉倒在雪地上。

卻好眾莊客拖槍拽棒，尋著蹤跡趕將來，只見林沖倒在雪地裏，花槍丟在一邊。莊客一齊上，就地拿起林沖來，將一條索縛了。趁五更時分，把林沖解送來一個莊院。

老莊客說道：「大官人未起，眾人且把這廝高吊起在門樓底下。」看天色曉來，林沖酒醒，打一看時，果然好個大莊院。林沖大叫道：「甚麼人敢吊我在這裏？」眾莊客聽得叫，手拏著白木棍，喝道：「你這廝還自好口！」那個被燒了髭鬚的老莊客說道：「休要問他，只顧打！等大官人起來，問明送官。」莊客一齊上，林沖被打，掙扎不得，只叫道：「不要打我，我自有說處。」正吵鬧時，只見個官人，背叉著手，行將出來，至廊下問道：「你們在此打甚麼人？」眾莊客答道：「昨夜捉得個賊人。」那官人向前來看時，認得是林沖，慌忙喝退莊客，親自解下，問道：「教頭緣何被吊在這裏？」眾莊客看見，一齊走了。

林沖看時，不是別人，卻是柴大官人柴進，連忙叫道：「大官人救我！」柴進道：「教頭為何到此，被村夫恥辱！」林沖道：「一言難盡！」兩個且到裏面坐下，把這火燒草料場一事，備細告訴。柴進聽罷道：「兄長如此命蹇！今日天假其便，但請放心。這裏是小弟的東莊，且住幾時，卻再商量。」叫莊客取一籠衣裳出來，叫林沖徹裏至外都換了。請去暖閣裏坐地，安排酒食杯盤管待。自此林沖只在柴進東莊上住了五七日。

滄州牢城營裏管營首告：林沖殺死差撥、陸虞候、富安等三人，放火延燒大軍草料場。王知府大驚，一面飛報高太尉，一面押了公文帖，仰緝捕人員將帶做公的，沿鄉曆邑，道店村坊，四處張掛，出三千貫信賞錢，捉拿正犯林沖。看看挨捕甚緊，各處村坊講動了。

林沖在柴大官人東莊上，聽得個資訊緊急，俟候柴進回莊，林沖便說道：「非是大官人不留小人，只因官司追捕甚緊，排家搜捉，倘或尋到大官人莊上，猶恐負累大官人不好。既蒙大官人仗義疏財，求借林沖些小盤纏，投奔他處棲身，異日不死，當效犬馬之報。」柴進道：「既是兄長要行，小人有個去處，作書一封與兄長前去。」林沖道：「若得大官人如此周濟，教小人安身立命。只不知投何處去？」柴進道：「是山東濟州管下一個水鄉，地名梁山泊，方圓八百餘里。如今有數個好漢在那裏紮寨。多有做下迷天大罪的人，都投奔那裏躲災避難，都收留在彼。眾位好漢，亦與我交厚，嘗寄書緘來。我今修一封書與兄長，去投那裏入夥如何？」林沖道：「若得如此顧盼，最好！」柴進道：「只是滄州道口見今官司張掛榜文，又令監門官在那裏逐個搜檢，把住道口。兄長如何可從那裏經過？」柴進低頭一想道：「再有個計策，送兄長過去。」林沖道：「若蒙周全，死而不忘。」

柴進當日先叫那老莊客，名叫黃福濤的，背了包裏出關去等。柴進卻備了三二十匹馬，帶了弓箭旗槍，駕了鷹鵰，牽著獵狗，一行人馬都打扮了，卻把林沖雜在裏面，一齊上馬，都投關外。那把關軍官坐在關上，看見是柴大官人，卻都認得。原來這軍官姓吳名峰，未襲職時，曾到柴進莊上，因此識熟。任得監門官後，自誇「無一個歹人過得滄州」，因此喚做「無風過」。那吳峰起身道：「大官人又去快活！」柴進下馬道：「將軍安好！緣何親自坐鎮？」吳峰道：「滄州府行移文書，畫影圖形，捉拿犯人林沖，特差某在此守把。但有過往客商，一一盤問，才放出關。」柴進笑道：「我這一夥人內中間夾帶著林沖，你緣何不認得？」吳峰也笑道：「大官人是識法度的，不到得肯夾帶了出去？請尊便上馬。」柴進又笑道：「只恁地相托得過，拿得野味回來相送。」作別了，一齊上馬出關去了。

行得十四五里，卻見先去的黃福濤在那裏等候。柴進叫林沖下了馬，脫去打獵的衣服，卻穿上莊客帶來的自己衣裳。林沖望著老莊客被燒了的髭鬚，拱手施禮，黃福濤慌忙還禮。林沖自繫了腰刀，戴上紅纓氈笠，背上包裹，提了袞刀，相辭柴進，拜別了便行。那柴進一行人上馬，自去打獵，到晚方回，依舊過關，送些野味與那監門官，回莊上去了。

暮冬，彤雲密佈，朔風緊起。
古道，滿天大雪，滿地如銀。
林沖，隻身孤影，落寞前行！

第十回：筅

茶筅以箸竹老者為之，身欲厚重，筅欲疏勁，本欲壯而未必眇，當如劍脊之狀。蓋身厚重，則操之有力而易於運用。筅疏勁如劍脊，則擊拂雖過而浮沫不生。

高太尉閱罷，親自上手，執筅拂湯，若有所思。

楊志來到東京。入得城來，尋個客店安歇，到店中放下行李，解了腰刀、樸刀，將些碎銀子買些酒肉吃了。

隻身，孤盞，殘燈。

想起那夜在梁山泊與林沖對飲時所言，「酒家是三代將門之後，五侯楊令公之孫，年紀小時，曾應過武舉，做到殿司制使官，奈何流落江湖。道君因蓋萬歲山，差一般十個制使去太湖邊搬運花石綱，赴京交納。不想洒家時乖運蹇，押著那花石綱，來到黃河裏，遭風打翻了船，失陷了花石綱，不能回京赴任，逃去他處避難。如今赦了俺們罪犯，洒家今來收的一擔兒錢物，待回東京去樞密院使用，再理會本身的勾當。」

次日醒轉，楊志各處央人去樞密院打點，將出那擔兒內金銀財物，買上告下，再要補殿司府制使職役。過數日，把許多東西都使盡了，方才得申文書，引去見殿帥高太尉。

來到廳前，高俅把從前歷事文書都看了，心中暗喜，「那年著楊戩差這廝去，原想讓他經過疾風惡雨，挫殺鋭氣。不想這廝時運如此不濟，合當楊門振興無望。然亦當扼殺到底，免他東山再起！」口中佯作大怒道：「既是你等十個制使去運花石綱，九個回到京師交納了，偏你這廝把花石綱失陷了。又不來首告，倒又在逃，許多時捉拿不著。今日再要勾當，雖經赦宥所犯罪名，難以委用。」把文書一筆都批倒了，命將楊志趕出殿帥府來。

楊志悶悶不已，回到客店中，思量：「那眾好漢勸俺留在梁山，也見得是。只為洒家清白姓字，不肯將父母遺體來玷污了。指望把一身本事，邊庭上一槍一刀，搏個封妻蔭子，也與祖宗爭口氣，不想又吃這一閃。高俅這潑皮破落戶，你忒毒害，恁地刻薄！」心中煩惱了一回。在客店裏又住幾日，盤纏都使盡了。楊志尋思道：「卻是恁地好？只有祖上留下這口寶刀，從來跟著洒家，如今事急無措，只得拿去街上貨賣得千百貫錢鈔，好做盤纏，投往他處安身。」

當日，楊志將了寶刀，插了草標兒，上市去賣，走到馬行街內，立了兩個時辰，並無一個人問。將立到晌午時分，轉來到天漢州橋熱鬧處去賣。楊志立未久，只見兩邊的人都跑入河下巷內去躲。楊志看時，只見都亂攛，口裏説道：「快躲了，大蟲來也！」楊志道：「好作怪！這等一片錦城池，卻怎得大蟲來！」當下立住腳看時，只見遠遠地一大漢，吃得半醉，一步一攧撞將來。楊志看那人時，形貌生得粗陋。

原來這人是東京有名的破落戶潑皮，叫做牛二，人都稱他「沒毛大蟲」，專在街上撒潑、行兇、撞鬧。連為幾頭官司，開封府也治他不下，以此滿城人見那廝來都躲了。又因曾暗裏幫高太尉陷害了禁軍教頭林沖，自以為有殿帥府撐腰，更是橫行京師。

那牛二搶到楊志面前，就手裏把那口寶刀扯將出來，問道：「漢子，你這刀要賣幾錢？」楊志道：「祖上留下寶刀，要賣三千貫。」牛二喝道：「甚麼鳥刀，要賣許多錢！我三十文買一把，也切得肉，切得豆腐。你的鳥刀有甚好處，叫做寶刀！」楊志道：「洒家的須不是店上賣的白鐵刀，這是寶刀。」牛二道：「怎的喚做寶刀？」楊志道：「第一件，砍銅剁鐵，刀口不卷；第二件，吹毛得過；第三件，殺人刀上沒血。」牛二道：「你敢剁銅錢麼？」楊志道：「你便將來剁與你看。」

牛二便去州橋下酒店裏，那酒店正是林沖與娘子並丈人泣別之處。牛二討了三十文，一垛兒將來放在州橋欄幹上，叫楊志道：「漢子，你若剁得開時，我還你三千貫。」那時看的人，雖然不敢近前，向遠遠地圍住瞭望。楊志道：「這個直得甚麼？」把衣袖捲起，拿刀在手，看的較準，只一刀，把銅錢剁做兩半。眾人都喝采。牛二道：「喝甚麼鳥采！你且說第二件是甚麼？」楊志道：「吹毛得過：若把幾根頭髮望刀口上只一吹，齊齊都斷。」牛二道：「我不信。」自把頭上拔下一把頭髮，遞與楊志：「你且吹我看。」楊志左手接過頭髮，照著刀口上盡氣力一吹，那頭髮都做兩段，紛紛飄下地來。眾人喝采，看的人越多了。牛二又問：「第三件是甚麼？」楊志道：「殺人刀上沒血。」牛二道：「怎麼殺人刀上沒血？」楊志道：「把人一刀砍了，並無血痕，只是個快。」牛二道：「我不信，你把刀來剁一個人我看。」楊志道：「禁城之中，如何敢殺人？你不信時，取一頭牛來殺與你看。」牛二道：「你說殺人，不曾說殺牛！」楊志道：「你不買便罷，只管纏人做甚麼？」牛二道：「你將來我看。」楊志道：「你只顧沒了當，洒家又不是你撩撥的！」牛二道：「你敢殺我？」楊志道：「和你往日無冤，昔日無仇，一物不成兩物，見在沒來由殺你做甚麼？」

牛二緊揪住楊志說道：「我偏要買你這口刀。」楊志道：「你要買，將錢來。」牛二道：「我沒錢。」楊志道：「你沒錢，揪住洒家怎地？」牛二道：「我要你這口刀。」楊志道：「我不與你。」牛二道：「你好男子，剁我一刀。」楊志大怒，把牛二推了一交。牛二爬將起來，鑽入楊志懷裏。楊志叫道：「街坊鄰舍，都是證見：楊志無盤纏，自賣這口刀，這個潑皮強奪洒家的刀，又把俺打。」街坊人都怕這牛二，誰敢向前來勸。牛二喝道：「你說我打你，便打殺直甚麼？」口裏說，一面揮起右手一拳打來，楊志霍地躲過，拿著刀搶入來，一時性起，望牛二額根上搠個著，撲地倒了。楊志見事已至此，又想起高俅嘴臉來，再趕入去，把牛二胸脯上又連搠了兩刀，血流滿地，死在地上。

楊志叫道：「洒家殺死這個潑皮，怎肯連累你們！潑皮既已死了，你們都來同洒家去官府裏出首。」坊隅眾人慌忙攏來，隨同楊志徑投開封府出首。正值滕知府坐衙，楊志拿著刀和地方鄰舍眾人都上廳來，一齊跪下，把刀放在面前。楊志告道：「小人原是殿司制使，為因失陷花石綱，削去本身職役，無有盤纏，將這口刀在街貨賣，不期被個潑皮破落戶牛二強奪小人的刀，又用拳打小人。因此一時性起，將那人殺死。眾鄰舍都是證見。」眾人亦替楊志告說，分訴了一回。知府道：「既是自行前來出首，免了這廝入門的款打。」且叫取一面長枷枷了，將楊志於死囚牢裏監守。

這楊志押到死囚牢裏，眾多押牢禁子、節級，見說楊志殺死沒毛大蟲牛二，都可憐他是個好男子，不來問他取錢，又好生看覷他。天漢州橋下眾人，為是楊志除了街上害人之物，都斂些盤纏，湊些銀両，來與他送飯，上下又替他使用。滕知府也覷他是個身首的好漢，又與東京街上除了一害，牛二家又沒苦主，把款狀都改得輕了。三推六問，卻招做一時鬥毆殺傷，誤傷人命。待了六十日限滿，將楊志帶出廳前，除了長枷，斷了二十脊杖，刺了兩行金印，送配北京大名府留守司充軍。那口家傳寶刀沒官入庫。

老都管高福君進來，輕聲道：「開封府斷了：楊志，配大名府。」高太尉未理會，自斟自飲一口白茶，道：「那牛二，自尋死。終究是潑皮！」

第十一回：瓶

太師蔡京向道君皇帝獻所修《哲宗實錄》，皇帝大喜，盛讚其功。退朝後，高俅獨自在書房中思索道：「蔡太師門生遍佈，且風雅超群，深得今上喜愛。童樞密手握重兵，又得倚仗。皇帝又不似從前，不常蹴氣毬。我當如何顯功？那楊戩今深得聖心，亦於蔡、童間搖擺，當與之為伍，以壯我勢力。」思慮間，高都管緩步進來，滿面笑意。高俅便問：「何事欣喜？」高福君仍然似以往般輕聲作答：「那蔡老太師，今夜怕是燈盡不成眠啦！」

太師府。

蔡太師面色陰沉，怒不可遏。侍立眾人，鴉雀無聲。卻是大名府梁中書夫妻兩個，於軍民中搜刮得十萬貫金珠寶貝，送上京師為蔡太師慶壽。不想這生辰綱行至濟州境內，被賊人劫去了。

蔡太師將梁中書的一封家書撕得粉碎，大驚道：「這班賊人，甚是膽大！去年將我女婿送來的禮物打劫了去，至今未獲；今年又來無禮，如何干罷！」隨即押了一紙公文，著一個府幹，親自齎了，星夜望濟州去，著落立等捉拿在逃這夥賊人，便要回報。

那府幹姓解名闖，是太師府裏心腹人，也是能幹的人，經年往返各州府，替蔡太師整治諸般，府內人都稱他作「走馬門將」。解幹辦對蔡太師道：「那王新明任滄州知府時，走脫了林沖。滄州管營被高太尉登時下獄，轉身成了罪囚。他怕高太尉不肯干休，幾番央求，虧得太師恩典，調他赴濟州。他自當感念太師，盡心效力。小人此去，只就他州衙裏宿歇，限在十日捉拿完備，差人解來東京。」

殿帥府。

老都管又興沖沖的進來，道：「殿帥可知，那劫取蔡太師生辰綱的是何人？」高俅問道：「何人？」都管急接口道：「楊志！」「楊志？」高俅很是疑惑。「梁中書是這般說。」「他不是迭配大名府？難不成逃脫了？」「若那般還好。是梁中書將他升做管軍提轄使，又著他押解生辰綱，怎料他和強人做一路，於黃泥岡上把蒙汗藥麻翻了監押人等，將十萬貫金珠寶貝盡數劫擄去了！」「楊志？好個楊志！」高俅一面自語，一面自顧自的笑了起來。

果不幾日，解闖報信來道：「已查得楊志同黨，各賊正身。」蔡京聞報，怒氣方消。怎料，此後月餘，再無音訊。後得梁中書傳信，方知楊志逃走江湖之上，一眾同黨反上梁山泊。再月餘，亦不見解闖來信。次後，王知府報來，「濟州府幾番出動軍兵前去追捉，豈料梁山這夥強人恁般驃悍，許多官兵人馬盡皆失陷。太師府府幹解闖被活捉上山，生死不明！」蔡太師氣急敗壞，押下更替文書，令那王新明交割牌印、一應府庫錢糧等項，自回東京聽罪。

折騰一番，眼見得那十萬貫入了梁山泊府庫，一時無果。蔡太師不免思量，「我這女婿前後兩番，卻是如此不中用。該當重用我蔡氏子孫。」恰值幼子得章已然弱冠，正好培養。為那江州是個錢糧浩大的去處，抑且人廣物盈，因此蔡太師特地啟奏聖上，教他這第九子去做個知府。又過些許時日，太師便淡忘了這生辰綱。

瓶宜金銀，小大之制，惟所裁給。注湯害利，獨瓶之口嘴而已。嘴之口欲大而宛直，則注湯力緊而不散；嘴之末欲圓小而峻削，則用湯有節而不滴瀝。蓋湯力緊則發速有節，不滴瀝，則茶面不破。

高俅執起那湯瓶，搖晃著道：「這瓶，裝茶便是茶瓶，盛酒遂為酒瓶。集英殿內，天子一杯茶，饒是童樞密、亦要親自徵收花石綱；黃泥岡上，強人半瓢酒，縱是蔡太師、不免白白失了生辰綱。茶之功？酒之過？」

倏忽便是一年光景，又到蔡太師生辰。

太師不免思量那女婿梁世傑、兒子蔡得章，兩個今年又將怎生為父慶壽？怎料，生辰綱未到，蔡知府的申奏文書星夜飛報而來——

有那濟州鄆城縣押司，姓宋，名江，字公明。平生只好結識江湖上好漢，且好資助人方便，每每賙人之急，扶人之困，周全人性命，江湖上都聞名，都稱他做「山東及時雨」宋江。聲名與「河北小旋風」柴進一般無二，是為：江湖風雨。

先是生辰綱事發，濟州府押下公文至鄆城縣，那宋江私放了一眾強人、後那干人反上梁山。次後，那宋押司因私通梁山泊一事被外室閻婆惜知曉，怒殺閻婆惜，被刺配江州。這蔡得章為官貪濫，作事驕奢，剛任江州，正苦於無功績。見這宋江名姓時，忽地想起街市小兒謠言四句來，道是「耗國因家木，刀兵點水工。縱橫三十六，播亂在山東。」遂安在宋公明身上，捉拿他入了死牢。那宋江悲憤，咬破手指來、於牢中粉牆寫下一首〈西江月〉，道是「自幼曾攻經史，長成亦有權謀。恰如猛虎卧荒丘，潛伏爪牙忍受。不幸刺文雙頰，那堪配在江州。他年若得報冤仇，血染潯陽江口。」有那江州兩院押牢節級，姓戴，名宗，道號嗣宗，人都喚他做「神行太保」的，見此血書，大為震憾，私下裏急馳梁山報訊。行刑之日，那梁山眾好漢全夥急奔，與戴宗和他義弟李逵一併殺將起來，大鬧了江州，殺害了許多官軍，將那宋江救上梁山去了，現為梁山泊主。

——蔡太師看罷，大驚失色，又不敢隱瞞，直奏道君皇帝，自是「那梁山強人如何凶殘、突襲江州，蔡知府如何剿捕，軍民無甚傷亡」之言。徽宗以為流賊小弄，未放心間，反讚蔡德章有父風。

這江州直如此大弄，蒙蔽得道君皇帝，躲不過群臣耳目。高俅請來楊戩，兩個暢飲一番，都想看這蔡太師如何理會梁山，報這子、婿之仇。

最難料，世間事。

未見蔡太師與梁山泊如何，那梁山泊倒與高太尉先自有了干戈。

濟州府。鄆城縣。

知縣王永斌被「劫生辰綱」與「殺閻婆惜」兩案驚擾已久，此際總算安靜下來。那嬌妻白秀英終日悶在後宅，百般無趣，便央求王知縣，開那勾欄，自去説唱諸般品調，可解煩悶、又有打賞，倒也落得消遙。知縣吃這撒嬌撒癡不過，遂應允了。這白秀英出身東京，色藝雙絕，鄆城縣人何曾見過。每日或是戲舞，或是吹彈，或是歌唱，賺得那人山人海價看。見者無不道「端的是好個粉頭！」

福無雙至，生出了禍事來！

第十二回：杓

杓之大小，當以可受一盞茶為量。過一盞則必歸其餘，不及則必取其不足。傾杓煩數，茶必冰矣。

是故，凡事當須有度。過之，福無倚遂禍之。

鄆城縣有個巡捕都頭，姓雷名橫，少時在東京與人打鐵為生，回轉鄆城縣後，膂力更是過人，又能跳二三丈闊澗，滿縣人都稱他做「插翅虎」。因學得一身好武藝，且為人仗義，新近參做都頭。

這日，雷橫奉知縣王永斌差遣，往東平府公幹回來。先到家參見老母，更換些衣服，賫了回文，徑投縣裏來拜見了知縣；回了話，銷繳公文批帖，便自閒行。見一勾欄新開，門首掛著許多金字帳額，旗杆吊著等身靠背。遂入到裏面，便去青龍頭上第一位坐了。

只見一個老兒拿把扇子，上來開呵道：「老漢是東京人氏，白玉喬的便是。如今年邁，只憑女兒秀英歌舞吹彈，普天下伏侍看官。」鑼聲響處，那白秀英早上戲臺，參拜四方，拈起鑼棒，如撒豆般點動，拍下一聲界方，念了幾句詩，便說道：「今日秀英招牌上明寫著這場話本，是一段風流蘊藉的格範。」說了開話又唱，唱了又說，合棚價眾人喝采不絕。雷橫坐在上面看那婦人時，果然是色藝雙絕。

那白秀英唱到務頭，這白玉喬按喝道：「雖無買馬博金藝，要動聰明鑒事人。看官喝采道是去過了，我兒且回一回下來，便是血光飛的院本。」白秀英拿起盤子，指著道：「財門上起，利地上住，吉地上過，旺地上行，手到面前，休教空過。」白玉喬道：「我兒且走一遭，看官都待賞你。」白秀英托著盤子，先到雷橫面前，雷橫便去身邊袋裏摸時，不想並無一文。雷橫道：「今日忘了，不曾帶得些出來，明日一發賞你。」白秀英笑道：「『頭醋不釅徹底薄』，官人坐當其位，可出個標首。」雷橫通紅了面皮道：「我一時不曾帶得出來，非是我捨不得。」白秀英道：「官人既是來聽唱，如何不記得帶錢出來？」雷橫道：「我賞你三五兩銀子，也不打緊，卻恨今日忘記帶來。」白秀英道：「官人今日尚一文也無，提甚三五兩銀子，正是教俺『望梅止渴，畫餅充飢』。」白玉喬叫道：「我兒，你自沒眼，不看城裏人、村裏人，只顧問他討甚麼？且過去自問曉事的恩官，告個標首。」雷橫道：「我怎地不是曉事的？」白雲喬道：「你若省得這子弟門庭時，狗頭上生角。」眾人齊和起來。雷橫大怒，便罵道：「你這老兒，怎敢辱我？」白玉喬道：「便罵你這三家村使牛的，打甚麼緊？」數名看客喝道：「使不得，這個是本縣雷都頭。」

這白氏父女與雷都頭不識，又倚仗王知縣，更曾委身高太尉，怎把他人放在眼裏。那白玉喬遂道：「只怕是驢筋頭。」雷橫哪裏忍耐得住，從坐椅上直跳下戲臺來，揪住白玉喬，一拳一腳，便打得唇綻齒落。眾人見打得凶，都來解拆開了，又勸雷橫自回去了。勾欄裏人，一哄盡散了。

那白秀英見父親被雷橫打了，又帶重傷，急叫一乘轎子，徑奔回縣衙內，訴告雷橫毆打父親，攪散勾欄，意在欺辱奴家。雷橫新參做都頭，與知縣無甚情義。王永斌愛惜白秀英，聽得哭訴，大怒道：「快寫狀來。」這個喚做：枕邊靈。便教白玉喬寫了狀子，驗了傷痕，指定證見。本處縣裏多有人都和雷橫好的，替他去知縣處打關節，怎當那婆娘守定在衙內，撒嬌撒癡，不由知縣不行。立等知縣差人把雷橫捉拿到官，當廳責打，取了招狀，將具枷來枷了，押出去號令示眾。那婆娘要逞好手，又去撒嬌，定要把雷橫號令在勾欄門首。

第二日，白秀英再去做場，王知縣卻教把雷橫號令在勾欄門首。這一班禁子人等，都是和雷橫一般的公人，如何肯絣扒他？這婆娘尋思一會，又不解氣，走出勾欄門，去門首茶坊裏坐下，叫一眾禁子過去發話道：「你們都和他有首尾，卻放他自在，知縣相公教你們絣扒他，你等倒做人情。少刻我對知縣說了，看道奈何得你們也不？」眾禁子道：「娘子不必發怒，我們自去絣扒他便了。」白秀英道：「恁地時，我自將錢賞你。」禁子們只得來對雷橫說道：「兄長，沒奈何，且胡亂絣一絣。」把雷橫絣扒在街上。

眾人喧鬧聲裏，卻好雷橫母親正來送飯，看見兒子吃他絣扒在那裏，便哭起來，罵那禁子們道：「你眾人也和我兒一般在衙門裏出入的人，錢財直這般好使！誰保的常沒事？」眾禁子答道：「我那老娘聽我說，我們卻也要容情，怎禁被原告人監定在這裏要絣，我們也沒做道理處。不時，便要去和知縣說，苦害我們，因此上做不的面皮。」那婆婆道：「幾曾見原告人自監著被告號令的道理。」禁子們又低低道：「老娘，那娘子和知縣來往得好，一句話便送了我們，因此兩難。」那婆婆一面自去解索，一頭口裏罵道：「這人直恁的倚勢！我且解了這索子，看如今怎的！」白秀英卻在茶坊裏聽得，走將過來，便道：「你那老婢子，卻才道甚麼？」那婆婆哪裏有好氣，便指著道：「你做甚麼倒罵我！」白秀英聽得，柳眉倒豎，星眼圓睜，大罵道：「老貧婆、老賤人，便在東京，也沒個敢罵我，你敢撒潑？」婆婆道：「你須不是鄆城縣知縣。」白秀英冷哼，搶向前只一掌，把那婆婆打個踉蹌。那婆婆卻待掙扎，白秀英再趕入去，老大耳光子，只顧打。這雷橫是個大孝的人，見了母親吃打，一時怒從心發，扯起枷來，望著白秀英腦蓋上打將下來。那一枷梢打個正著，劈開了腦蓋，撲地倒了。眾人看時，那白秀英打得腦漿迸流，眼珠突出，動彈不得，香消玉殞，生生死了！

這白秀英原是「自為一種」的女子，委身高太尉後，自認「與常茶不同」，貫行囂張跋扈之舉。然太尉這「湯火一失」，「則已變而為常品」，至此一場春夢！

那知縣只是恨這雷橫打死了白秀英，又怕高太尉怪罪下來，急急迭成文案，將雷橫押在牢裏六十日，限滿斷結，解上濟州，要他償命。卻於路上被宋江派那李逵引人下山截獲，又有戴宗喬裝引了雷橫老母，星夜投梁山泊入夥去了。

這王永斌與白玉喬悲傷之餘，不免商量道：「秀英之死，當如何申報高太尉是好？」

第十三回：水

集英殿。

皇帝召一眾寵臣賞畫。畫乃《聽琴圖》。

徽宗自坐，輕飲白茶。

群臣圍畫而觀。蔡京、童貫居中，左是小王都太尉、右是高太尉，再後是楊戩等眾臣。

眾人看那畫時：正中一枝蒼松，枝葉鬱茂，蒼虯如龍，凌霄花攀援而上，樹旁翠竹數竿。松下撫琴人著道袍，輕攏慢撚，正是教主道君皇帝徽宗。又兩人坐於下首恭聽，神態恭謹。左側一人，身穿青衣，仰面望天，乃樞密使童貫；右側一人，體著紅袍，俯首觀地，乃駙馬王晉卿。

那畫上方，又有太師蔡京提詩，寫道：吟徵調商灶下桐，松間疑有入松風。仰窺低審含情客，似聽無弦一弄中。

眾人神情各異。有高聲稱讚畫工蓋世、天下一人者。有以目傳情，向蔡、童與小王都太尉道喜者。有垂首低語，心中暗罵奸臣誤國者。徽宗佯作假寐，眼角餘光逐一巡視眾人神態……

殿帥府。

太尉高俅手捧《茶論》，心神恍惚的閱那〈水〉篇：

水以清輕甘潔為美，輕甘乃水之自然，獨為難得。古人第水，雖曰中泠、惠山為上，然人相去之遠近，似不常得。但當取山泉之清潔者。其次，則井水之常汲者為可用。若江河之水，則魚鱉之腥，泥濘之污，雖輕甘無取。凡用湯以魚目、蟹眼連繹迸躍為度，過老則以少新水投之，就火頃刻而後用。

閱罷，心中尋思道：「在今上心中，我與蔡、童諸臣，哪個是山泉？誰個是井水？誰人又是江河之水？」

思慮一番，心中打定主意。高太尉叫老都管進書房來。面色凝重，口中道：「你親去一趟高唐州，讓高廉使些動作！」

柴家莊。

戴宗、李逵兩個，一見柴大官人人物軒昂，資質秀麗，連忙下拜，口中道：「久聞大名，今日得識尊顏！」柴進請兩個坐了，問道：「林武師可好？」戴宗答道：「林教頭現今掌管山寨軍務，一切安好，只是思念娘子。」奉茶罷，戴宗施禮道：「大官人原於梁山有恩。今小人奉頭領宋公明密令，禮請足下上山，同聚大義。」柴進擺手道：「當今聖上雖是疏於治國，又有奸佞在側，然自太祖皇帝開國以來，至先帝哲宗，對我柴氏也算厚待。況柴氏一門人口眾多，又有叔父年邁。此事休要再提。」戴宗聞聽，亦不多言。

當日酒飯罷，戴宗指著李逵道：「他鄉中都叫他做李山兒。這兄弟粗鹵，又愛生事，此番暗自尾隨我來。我要再往青州，請二龍山魯智深與楊志兩位。想留山兒在敝莊安歇，不知大官人可否容留？」柴進問道：「可是青面獸楊志與花和尚魯智深？」戴宗答道：「正是這二人。兩個在江湖上相遇，同上二龍山，除了那夥打家劫舍的強人，自佔了山寨，逍遙快活。」柴進聞言，感慨不已。便留了李逵住下。

忽一日，一個人火急奔莊上來，卻是那老莊客黃福濤。日前奉了柴大官人命，攜了禮物去探望在高唐州居住的叔叔柴皇城。柴大官人卻好迎著，問道：「怎地如此火急？」黃福濤道：「不官人不知，高唐州知府高廉的老婆兄弟，殷天錫那廝，來要佔花園，柴老官人嘔了一口氣，臥病在牀，早晚性命不保。必有遺囑的言語分付，我此番剛到府上，未及住腳，便叫我急轉來喚你。」柴進大驚，道：「叔叔無兒無女，必須親身去走一遭。」身後李逵道：「既是大官人去時，我也跟大官人去走一遭如何？」柴進道：「你肯去時，就同走一遭。」柴進即便收拾行李，選了十數匹好馬，帶了黃福濤並幾個小莊客，立時離了莊院望高唐州來。

滄州城門口。

吳峰見柴進一行急馳而至。施禮道：「大官人，如此火急，卻是何故？」柴進於馬上欠身道：「叔父突遭禍事，今要急奔高唐。」那吳峰急叫軍兵放行。目光所及，見一黑大漢夾雜眾莊客中。心道：「怎地這黑漢如此眼熟，此前他與另一漢子進得滄州城來，竟是柴大官人莊客？無妨，有我『無風過』坐陣，諸事無妨！」

高唐州。

柴進一行入城直至柴皇城宅前下馬，留李逵和從人在外面廳房內。柴進自徑入臥房裏來看視那叔叔柴皇城時，見他面如金紙，體似枯柴，眼見得只剩一絲兩氣了！柴進坐在叔叔榻前，放聲慟哭。皇城的繼室出來勸柴進道：「大官人鞍馬風塵不易，初到此間，且休煩惱。」柴進施禮罷，便問事情原委。繼室答道：「此間新任知府高廉，兼管本州軍兵馬，是東京高太尉的叔伯兄弟，倚仗他哥哥勢要，在這裏無所不為。帶將一個妻舅殷天錫來，人盡稱他做殷直閣。那廝年紀卻小，又倚仗他姐夫高廉的權勢，在此間橫行害人。因我家宅後有個花園水亭，蓋造得好。那廝帶將許多奸詐不及的三二十人，徑入家裏來宅子後看了，便要發遣我們出去，他要來住。皇城對他說道：『我家是金枝玉葉，有先朝丹書鐵券在門，諸人不許欺侮。你如何敢奪佔我的住宅，趕我老小哪裏去？』那廝不容所言，定要我們出屋。皇城去扯他，反被這廝推搶毆打。因此受這口氣，一臥不起、飲食不吃，服藥無效，眼見得上天遠，入地近。今日得大官人來家做個主張，便有些山高水低，也更不憂。」柴進答道：「尊嬸放心，只顧請好醫士調治叔叔。但有門戶，小侄自使人回滄州家裏，去取丹書鐵券來，和他理會。便告到官府今上御前，也不怕他！」繼室道：「皇城幹事，全不濟事，還是大官人理論是得。」

柴進看視了叔叔一回，卻出來和李逵並帶來從人說知備細。李逵聽了，跳將起來說道：「這廝好無道理！我有大斧在這裏，教他吃我幾斧，卻再商量。」柴進道：「你且息怒，沒來由，和他粗魯做甚麼？他雖是倚勢欺人，我家放著有護持聖旨，這裏和他理論不得，須是京師也有大似他的，放著明明的條例，和他打官司。」李逵道：「條例，條例，若還依得，天下不亂了！我只是前打後商量。那廝若還去告，我那鳥官一發都砍了。」柴進笑道：「這裏是禁城之內，如何比得你小寨裏橫行？」李逵道：「禁城便怎地？在江州，我不曾殺人？」柴進道：「等我看了頭勢，用著你時，那時相央，無事只在房裏請坐。」正說之間，裏面慌忙成一片。

柴進入到裏面臥榻前，只見皇城擒著兩眼淚，對柴進說道：「賢侄志氣軒昂，不辱祖宗。我今日被殷天錫毆死。你可親齎書往京師攔駕告狀，與我報仇，九泉之下，也能含笑。保重！保重！再不多囑！」言罷，便放了命。柴進痛哭了一場。繼室恐怕昏暈，勸住柴進道：「大官人煩惱有日，且請商量後事。」柴進道：「誓書在我家裏，不曾帶得來，已星夜教老莊客去取須用，將往東京告狀。叔叔尊靈，且安排棺槨盛殮，成了孝服，卻再商量。」柴進教依官制，備辦內棺外槨，依禮鋪設靈位，一門穿了重孝，大小舉哀。

至第三日，只見這殷天錫騎著一匹攛行的馬，將引閒漢三二十人，手執彈弓、川弩、吹筒、氣球、拈竿、樂器，帶五七分酒，佯醉假癲，徑來到柴皇城宅前，勒住馬，叫裏面管家的人出來説話。柴進聽得説，掛著一身孝服，慌忙出來答應。那殷天錫在馬上問道：「你是他家甚麼人？」柴進答道：「小可是柴皇城親侄柴進。」殷天錫道：「前日我分付道，教他家搬出屋去，如何不依我言語？」柴進道：「便是叔叔臥病，不敢移動，夜來已自身故，待斷七了搬出去。」殷天錫道：「放屁！我只限你三日便要出屋，三日外不搬，先把你這廝枷起，先吃我一百訊棍！」柴進道：「直閣休恁相欺！我家也是龍子龍孫，放著先朝丹書鐵券，誰敢不敬？」殷天錫喝道：「你將出來我看！」柴進道：「見在滄州家裏，已使人去取來。」殷天錫大怒道：「這廝正是胡説！便有誓書鐵券，我也不怕，左右與我打這廝！」

眾人卻待動手，那李逵在門縫裏看見，聽得喝打柴進，便拽開房門，大吼一聲，直搶到馬邊，早把殷天錫揪下馬來，一拳打翻。那二三十人卻待搶他，被李逵手起，早打倒五六個，一哄都走了。李逵拿殷天錫提起來，拳頭腳尖一發上，柴進哪裏勸得住。看那殷天錫時，嗚呼哀哉，打死在地！

第十四回：點

老都管高福君正在點茶。

高太尉道：「高廉可能領會，這點茶從第一湯到七湯的玄妙？」老都管一面擊拂、一面道：「我傳你話，叫他：勢不欲猛，先攪動、漸加重。」高俅輕聲接道：「且看他造化。」言閉，俯首又觀那《茶論》，正是〈點〉篇：

點茶不一。而調膏繼刻，以湯注之，手重筅輕，無粟文蟹眼者，調之靜面點。蓋擊拂無力，茶不發立，水乳未浹，又復增湯，色澤不盡，英華淪散，茶無立作矣。有隨湯擊拂，幹筅俱重，立文泛泛。謂之一發點。蓋用湯已故，指腕不圓，粥面未凝，茶力已盡，霧雲雖泛，水腳易生。妙於此者，量茶受湯，調如融膠。環注盞畔，勿使侵茶。勢不欲猛，先須攪動茶膏，漸加擊拂，手輕筅重，指繞腕旋，上下透徹，如酵蘖之起面，疏星皎月，燦然而生，則茶面根本立矣。第二湯自茶面注之，周回一線。急注急止，茶面不動，擊指既力，色澤漸開，珠璣磊落。三湯多寡如前，擊拂漸貴輕勻，同環旋復，表裏洞徹，粟文蟹眼，泛結雜起，茶之色十已得其六七。四湯尚嗇。筅欲轉稍寬而勿速，其清真華彩，既已煥然，輕雲漸生。五湯乃可稍縱，筅欲輕勻而透達，如發立未盡，則擊以作之；發立已過，則拂以斂之。結浚靄，結凝雪，茶色盡矣。六湯以觀立作，乳點勃結，則以筅著居，緩繞拂動而已，七湯以分輕清重濁，相稀稠得中，可欲則止。乳霧洶湧，溢盞而起，周迴旋而不動，謂之咬盞。宜均其輕清浮合者飲之，《桐君錄》曰，「茗有餑，飲之宜人，雖多不為過也。」

柴進道：「眼見得便有人到這裏，你安身不得了。官司我自支吾，你快走回梁山泊去。」李逵道：「我便走了，須連累你。」柴進道：「我自有誓書鐵券護身，你便去是，事不宜遲。」李逵取了雙斧，帶了盤纏，出柴家後門，急回梁山泊去了。

不多時，只見二百餘人各執刀杖槍棒，圍住柴皇城家。柴進見來捉人，便出來說道：「我同你們府裏分訴去。」眾人先縛了柴進，便入家裏搜捉行兇黑大漢不見，只把柴進綁到州衙內，當廳跪下。知府高廉正喜計畫有成，不曾想聽得打死了他的舅子殷天錫，正在廳上咬牙切齒忿恨，只待拿人來。早把柴進驅翻在廳前階下，高廉喝道：「你怎敢打死了我殷天錫？」柴進告道：「小人是柴世宗嫡派子孫，家門有先朝太祖誓書鐵券，見在滄州居住。為是叔叔柴皇城病重，特來看視，不幸身故，見今停喪在家。殷直閣將帶三二十人到家，定要趕逐出屋，不容柴進分說，喝令眾人毆打，被莊客李鐵牛救護，一時行兇打死。」高廉喝道：「李鐵牛見在哪裏？」柴進道：「心慌逃走了。」高廉道：「他是個莊客，不得你的言語，如何敢打死人！你又故縱他逃走了，卻來瞞昧官府。你這廝，不打如何肯招？眾牢子下手，加力與我打這廝！」柴進叫道：「莊客李鐵牛救主，誤打死人，非干我事！放著先朝太祖誓書，如何便下刑法打我？」高廉道：「誓書有在哪裏？」柴進道：「已使人回滄州去取來也。」高廉大怒，喝道：「這廝正是抗拒官府，左右腕頭加力，好生痛打！」眾人下手，把柴進打得皮開肉綻，鮮血迸流，只得招做使令莊客李鐵牛打死殷天錫，取面二十五斤死囚枷釘了，發下牢裏監收。殷天錫屍首檢驗了，自把棺木殯葬，不在話下。這殷夫人要與兄弟報仇，教丈夫高廉抄紮了柴皇城家私，監禁下人口，佔住了房屋園院。柴進自在牢中受苦不迭。高廉一面飛報高太尉。

那高廉正等太尉回信，忽聞報：梁山泊前軍已到高唐州地界。高廉聽了，暗自冷笑道：「你這夥草賊在梁山泊窩藏，我兀自要來剿捕你，今日你倒來就縛。先助太尉摧毀柴氏，又是一力剿滅梁山，此是天教我成功！」口中喝道：「左右快傳下號令，整點軍馬出城迎敵，著那眾百姓上城守護。」

這高知府上馬管軍，下馬管民，一聲號令下去，那帳前都統、監軍、統領、統制、提轄軍職一應官員，各各部領軍馬，就教場裏點視已罷，諸將便擺佈出城迎敵。高廉手下有三百梯己軍士，號為飛天神兵，一個個都是山東、河北、江西、湖南選來的精壯好漢。高廉親自引了三百精兵，披甲背劍，上馬出到城外，把部下軍官周回排成陣勢，卻將三百兵列在中軍，搖旗吶喊，擂鼓鳴金，只等敵軍到來。

梁山眾好漢引領五千人馬到來。兩軍相迎，旗鼓相望，各把強弓硬弩射住陣腳。兩軍中吹動畫角，發起擂鼓。眾頭領，都到陣前，把馬勒住。領軍之人，手橫丈八蛇矛，正是林沖，綽號「豹子頭」。林沖躍馬出陣，厲聲高叫：「高唐州納命的出來！」高廉把馬一縱，引著三十余個軍官，都出到門旗下，勒住馬，指著林沖罵道：「你這夥不知死的叛賊，怎敢直犯俺的城池？」林沖喝道：「你這個害民強盜，我早晚殺到京師，把你那廝欺君賊臣高俅，碎屍萬段，方是願足。」高廉大怒，回頭問道：「誰人出馬先捉此賊去？」軍官隊裏轉出一個統制官，姓于，名直，拍馬掄刀，竟出陣前。林沖見了，徑奔于直，兩個戰不到五合，于直被林沖心窩裏一蛇矛刺著，翻筋斗顛下馬去。高廉見了大驚，道：「再有誰人出馬報仇？」軍官隊裏又轉出一個統制官，姓溫，雙名文寶，使一條長槍，直奔林沖。林沖勒住馬，收了點鋼矛，放個門戶，讓他槍搠入來，閃身讓過，迅急手起槍出，把溫文寶刺透半個天靈蓋，死於馬上，那馬跑回本陣去了。高廉惱怒，喝問道：「誰與我直取此賊去？」那統制官隊裏轉出一員上將，喚做薛元輝，使兩口雙刀，飛出垓心，來戰林沖。兩個在陣前鬥了數合，林沖撥回馬，望本陣便走，薛元輝不知是計，縱馬舞刀，盡力來趕，林沖略帶住了馬，扭轉身軀，只一「回馬槍」，把薛元輝頭重腳輕，刺下馬去。高唐軍上下大驚，梁山軍齊聲喝彩。

高廉見林沖如此英雄，自知手下將官皆不敵他。正慌急間，猛地想起小阿叔高福君曾言及，這林沖在滄州曾受柴進接濟，遂心內一寬，在馬上挺直了道：「兀那配軍，現今小旋風柴進正下在我牢中，又有他親叔叔一門數口，盡在本府手中。你若識相，速速退去，叫你那小押司首領，親來與我賠罪。」林沖聽了，心中掛著柴大官人安危，遂率眾軍直退回五十里下寨。高廉見人馬退去，也收了本部軍兵，入高唐州城裏安下，又再飛報太尉搬請兵馬。

不一會兒，探子來報：「那宋江率軍趕到，與林沖在城外會合了。」高廉心說：「梁山大軍剛至，定然沒有提防。更兼我用柴進相挾，那兩個賊首，當然焦躁。不若今夜偷襲他營寨，若得事成，大功得成！」等到三更時分，恰值當夜風雨大作，高廉大喜，引領那三百精兵，吹聲呼哨，殺入梁山寨裏來。只見卻是空寨，情知中計，回身便走。伏兵四起，眾軍四散，冒雨起殺，部下軍馬折其大半。高廉急奪路走，奔走脱得孩心時，望見城上已都是梁山泊旗號。大驚失色，呆立當場。片刻醒轉，只得引著些敗卒殘兵，投山僻小路而走，行不到十里之外，山背後撞出一彪人馬，當先擁出林武師林沖，攔住去路，厲聲高叫：「我等你多時，好好下馬受縛！」高廉引軍便回，背後早有一隊步兵，截住去路，當先卻是黑大漢李逵。兩頭夾攻將來，四面截了去路，高廉便棄了坐下馬，便走上山。四下裏梁山軍一齊趕上山去，高廉慌忙逃走間，側首竄跳過一人來，只一朴刀把高廉揮做兩段！

第十五回：味

插翅虎雷橫提了高廉首級，飛奔進高唐州城內。宋江先傳下將令：「休得傷害百姓。」一面出榜安民，秋毫無犯。林沖急帶人去大牢中救柴大官人。那時當牢節級、押獄禁子，已都走了。尋到一處監房內，卻監著柴皇城一家老小，數中只不見柴大官人一個。眾好漢心中憂悶。忽地聽到又一座牢內，有人大叫「林武師」，林沖看時，卻是當年自己醉酒燒了他髭鬚的老莊客，急撲上去問道：「柴大官人何在？」卻是那裏監著滄州提捉到柴進一家老小，同監在彼，為是高廉忙於廝殺，未曾取問發落。老莊客黃福濤聞得林沖詢問，與眾老小同聲哭泣：此處亦無柴大官人！

只見戴宗攜一大漢手，前來見宋江。卻是此人方才從城內開得門來，放梁山軍兵入城，致高廉失城慌亂，為一大功。宋江正要言謝，那人先稟道：「小人是當牢節級藺仁，前日受高廉所委，專一牢固監守柴進，不得有失。又分付道：『但有凶吉，你可便下手。』日前，知府要取柴進出來施刑。小人不忍下手，只推道：『但本人病至八分，不必下手。』昨日見柴大官人昏厥，便趁戰亂偷搬他去後面枯井邊，開了枷鎖，推放裏面躲避，現今不知如何。」

宋江聽了，慌忙著藺仁引入。直到後牢枯井邊望時，見裏面黑洞洞地，不知多少深淺。上面叫時，哪得人應。把索子放下去探時，約有八九丈深。宋江道：「柴大官人眼見得多是沒了。」宋江垂淚。身後轉過那李逵來，大叫道：「等我下去。」宋江道：「正好。當初也是你累及了他，今日正宜報本。」便取一個大篦籮，把索子絡了，接長索頭，紮起一個架子，把索掛在上面。李逵脱得赤條條的，手拿兩把板斧，坐在籮裏，卻放下井裏去，索上縛兩個銅鈴。漸漸放到底下，李逵卻從籮裏爬將出來，去井底下摸時，摸著一堆，卻是骸骨。李逵道：「爺娘，甚鳥東西在這裏！」又去這邊摸時，底下濕漉漉的，沒下腳處。李逵把雙斧拔放籮裏，兩手去摸底下，四邊卻寬，一摸摸著一個人，做一堆兒蹲在水坑裏。李逵叫一聲：「柴大官人！」哪裏見動，把手去摸時，只覺口內微微聲喚。李逵道：「謝天地，恁地時，還有救哩！」隨即爬在籮裏，搖動銅鈴，眾人扯將上來。李逵說下面的事，宋江氣道：「你怎自上來？速再下去，先把柴大官人放在籮裏，先發上來，卻再放籮下來取你。」李逵連聲説是，只得再坐籮裏，又下井去。到得底下，李逵爬將出籮去，卻把柴大官人抱在籮裏，搖動索上銅鈴。上面聽得，早扯起來。到上面，眾人看了大喜。宋江見柴進頭破額裂，兩腿皮肉打爛，眼目略開又閉。宋江心中甚是淒慘，叫請醫生調治。李逵卻在井底下發喊大叫。宋江聽得，急叫把籮放將下去，取他上來，道：「我們只顧看顧柴大官人，因此忘了你，休怪。」宋江就令眾人把柴進扛扶上車睡了，先把兩家老小，並奪轉許多家財，共有二十餘輛車子，叫李逵、雷橫先護送上梁山泊去。卻把高廉一家老小良賤三四十口，皆處斬於市。那殷氏有孕在身，被李逵手起斧落，一屍兩命！

梁山好漢整頓軍馬，要離了高唐州，得勝回梁山泊。宋江請那藺仁同上梁山聚義，卻遍尋他不見。卻是帶他到井邊，便不見。宋江只得啟程。

高唐州外，藺仁立於暗處，眼見得柴大官人出城去、又見得林沖等出城去，長籲一聲，縱馬而去。

無人得知，他是哪個？

那時，洪教頭被林教頭一棒打翻在地，羞憤離了柴家莊，出了滄州，遊蕩江湖，後流落至高唐州。他是自幼喜軍，在滄州投軍不著，做了教頭；高唐又投軍不得，化名做了名節級。回想過往，狂妄太過，得遇林沖，幡然醒悟。漂流江湖上，有如燈心飄搖、又如野草無根，遂取那燈心藺草之意，化名為藺仁，自比草一般人。原只求過那尋常生活，不想合當天意，恰於此救得柴大官人。

太尉高俅接到高廉兩封飛報，不免慌亂。急急修書二封，教去東平府、青州，著二處星夜起兵去接應。因這二處離高唐州不遠，這兩個知府又都是童樞密抬舉的人，當給高殿帥情面。奈何兩處軍馬到時，梁山軍已不見蹤跡。只得寫表差人申奏朝廷。又有高唐州逃難官員，都到京師說知真實。高太尉聽了，方知殺死他兄弟高廉。喝問：「哪個殺我兄弟？」聽得眾人說了，太尉暴跳如雷，怒吼不休：「雷橫！又是這雷橫！」又知殷氏腹中有後，更於府中哭號不止。

原來卻是：這高衙內因白秀英事，時常被高俅責罰，日漸冷落。忽自一日起，這衙內夜裏總是夢見當日對白秀英用強，正強佔間，又見父親闖入！漸後白日亦恍惚可見這情景。如此反覆，整日又哭又喊。終有一日，身子不行了，再不能近女色……

高俅一宿不睡，熬到次日五更，直奔待漏院中，專等景陽鐘響。百官各具公服，直臨丹墀，伺候朝見。當日五更三點，道君皇帝升殿。淨鞭三下響，文武兩班齊。天子駕坐，殿頭官喝道：「有事出班啟奏，無事捲簾退朝。」高太尉出班奏道：「今有濟州梁山泊賊首宋江，累造大惡，打劫城池，搶擄倉廒，聚集凶徒惡黨。先在濟州殺害官軍，鬧了江州法場，今又將高唐州官民殺戮一空，倉廒庫藏，盡被擄去。此是心腹大患，若不早行誅剿，他日養成賊勢，難以制伏。伏乞聖斷。」天子聞奏大驚，隨即降下聖旨，就委高太尉選將調兵，前去剿捕，務要掃清水泊，殺絕種類。高太尉又奏道：「量此草寇，不必興舉大兵，臣保一人，可去收復。」天子道：「卿若舉用，必無差錯，即令起行，飛捷報功，加官賜賞，高遷任用。」高俅昨夜早已思量在心，要推舉一人。功成，則保舉有功，收他為己用；敗北，則削去官職，軍中無此人。見高太尉奏道：「此人乃開國之初，河東名將呼延贊嫡派子孫，單名喚個灼字。使兩條銅鞭，有萬夫不當之勇。現受汝寧州都統制，手下多有精兵勇將。臣舉保此人，可以征剿梁山泊。可授兵馬指揮使，領馬步精鋭軍士，克日掃清山寨，班師還朝。」天子准奏，降下聖旨：「著樞密院即便差人，齎敕前往汝寧州，星夜宣取。」當日朝罷，高太尉就於帥府著張金剛、張立剛兄弟齎擎聖旨，前去宣取，限時定日，要呼延灼赴京聽命。這兩個當年奉命扮作承局，引林沖入白虎節堂有功，被太尉真個任了承局。又因善於阿諛奉承，一路做到了軍官。兩個領旨，當日起行。

> 夫茶以味為上。香甘重滑，為味之全。惟北苑、壑源之品兼之。其味醇而乏風骨者，蒸壓太過也。茶槍乃條之始萌者，木性酸，槍過長，則初甘重而終微澀。茶旗乃葉之方敷者，葉味苦，旗過老，則初雖留舌而飲徹反甘矣。此則芽胯有之，若夫卓絕之品，真香靈味，自然不同。

蔡京手指敲打著書卷上的那五個字，面上浮笑，口中自語，道：「這高太尉，還是沒能參透聖意啊！」

「蒸壓太過也。」高俅輕嘆道。

「聖上為何不明示？」老都管詢問。

「明示？明示就不是聖上啦！」高俅重重地嘆息一聲。

第十六回：香

高俅看那呼延灼時，見他英雄氣慨，不免喜憂參半。喜得是如此人物，當可掃平梁山，為高廉報仇；憂得是此等將軍，確勝過我萬千，若不為我所用，務要設法除之。當下高太尉內裏心神不定，表面氣定神閒，問慰一番。

次日早朝，引見道君皇帝。徽宗天子看了呼延灼一表非俗，喜動天顏，就賜寶馬一匹。那馬渾身墨錠似黑，四蹄雪練價白，因此名為「踢雪烏騅」，那馬日行千里，聖旨賜與呼延灼騎坐。呼延灼就謝恩已罷，隨高太尉再到殿帥府，商議起軍，剿捕梁山泊一事。呼延灼道：「稟明恩相：小人覷探梁山泊兵多將廣，武藝高強，不可輕敵小覷。乞保二將為先鋒，同提軍馬到彼，必獲大功。」高太尉聽罷，心內又是喜劇參半，心說「正好知其同黨」，遂面上大喜問道：「將軍所保誰人，可為前部先鋒？」呼延灼稟道：「小人舉保青州團練使，姓韓，名滔。原是東京人氏，曾應過武舉出身，使一條棗木槊，人呼為『百勝將軍』。此人可為正先鋒。又有一人，乃是東平府團練使，姓彭，名玘。亦是東京人氏，乃累代將門之子，使一口三尖兩刃刀，武藝出眾，人呼為『天目將軍』。此人可為副先鋒。」高太尉心內道：「合當如此。就是這兩夥，救我兄弟去暹！」口中道：「若是韓、彭二將為先鋒，何愁狂寇！」當日高太尉就殿帥府押了兩道牒文，又著張家兄弟，星夜往青州、東平府，調取韓滔、彭玘，火速赴京。不旬日之間，二將已到京師，徑來殿帥府，參見了太尉並呼延灼。

次日，高太尉帶領眾人，都往御教場中，操演武藝。看軍了當，卻來殿帥府，會同樞密院官，計議軍機重事。高太尉道：「你三人親自回州，揀選精銳馬步軍兵，約會起程，收剿梁山泊。出師之日，我自差官來點視。」呼延灼和韓滔、彭玘，都與了必勝軍狀，辭別了高太尉並樞密院等官。韓滔、彭玘，各往本州起軍，前來汝甯州會合。不勾半月之上，三路兵馬，都已完足。呼延灼便把衣甲盔旗、刀槍鞍馬，並打造連環鐵鎧等物，分俵三軍已了，伺候出軍。高太尉差到殿帥府兩員軍官，自是張金剛、張立剛前來點視。犒賞三軍已罷，呼延灼擺佈三路兵馬出城。前軍開路韓滔，中軍主將呼延灼，後軍催督彭玘，馬步三軍人等，浩浩蕩蕩，殺奔梁山泊而去……

不日，呼延灼差人報捷：以連環馬軍大獲全勝，殺死者不計其數，生擒的五百餘人，奪得戰馬三百餘匹。次日早朝，高太尉越班奏聞天子，徽宗甚喜。命取茶具，親手注湯，賜予眾臣。殿上茶香四溢，那楊戩乖覺，立時朗聲誦那天子親書《茶論》之〈香〉篇：

茶有真香，非龍麝可擬。要須蒸及熟而壓之，及千而研，研細而造，則和美具足。入盞則馨香四達，秋爽灑然。或蒸氣如桃仁夾雜，則其氣酸烈而惡。

群臣爭相飲畢，皆頓首謝。

高太尉回轉殿帥府坐衙，心內道：「這呼延灼收捕梁山泊得勝，也是我的功勞。只是這人似他祖上，剛直不阿，日後當如何為我所用？」又想道：「我掌軍兵，又無這呼延灼、或那楊志般本領，他日若真個逢上戰事，刀槍無眼，該當如何？設法保存得一身性命，才有來日方長！」煩惱之際，老都管進來，依舊輕聲道：「我剛在王都尉府，打聽得一件寶貝……」

這日，金槍班教師徐寧伺候天子徽宗駕幸已了，徑回家來，一人獨坐，納悶不已。

忽然，湯隆突來拜望。兩個多年未曾相見，徐寧又驚又喜。湯隆見了徐寧，納頭拜下，說道：「哥哥一向安樂？」徐寧答道：「聞知舅舅歸天去了，一者官身羈絆，二乃路途遙遠，不能前來吊問。並不知兄弟資訊，一向正在何處？今次自何而來？」湯隆道：「言之不盡。兄長當記得我父親因為打鐵上，遭際老种經略相公帳前敘用，後做到延安府知寨官，近年在任亡故。自從父親亡故之後，小弟時乖運蹇，一向流落江湖。今從山東徑來京師，探望兄長。」徐寧道：「兄弟少坐。」徐寧便喚娘子來見。那娘子姓陳，小字香梅。娘子便安排酒食相待。湯隆和徐寧飲酒中間，徐寧只是眉頭不展，面帶憂容。湯隆起身道：「哥哥如何尊顏有些不喜？心中必有憂疑不決之事。」徐寧嘆口氣道：「兄弟不知，一言難盡。兄弟可知：先祖留下一件寶貝，世上無對，乃是鎮家之寶。是一副雁翎砌就圈金甲。這一副甲，披在身上，又輕又穩，刀劍箭矢，急不能透，人都喚做『賽唐猊』。」湯隆道：「舊在東京，隨先父視探姑姑時，多曾見來。」徐寧道：「這副雁翎鎖子甲乃是祖宗留傳四代之寶。是我的性命。恐怕久後軍前陣後要用，生怕有些差池，因此有一個皮匣子盛著，直掛在臥房中樑上。多少人要看我的，只推沒了。」湯隆點頭稱是，面現急迫。徐寧又道：「你我兄弟，與你直言：不知怎地走露了風聲。前日，小王都太尉還我三萬貫錢，要我這甲，我自不捨得賣與他。」湯隆接口道：「聽聞，這花兒王太尉數有借人書畫不還之例，怎地如此捨得。」徐寧自顧道：「昨日，童樞密聲稱要借，與軍陣上用，以保疆定國。」湯隆聽了心下大喜，忍住喜悅道：「他這是何意？」徐寧嘆道：「何意？便是強奪！」兩個正說間，娘子進來道：「門首有兩個軍官來見。」話猶未了，進來二人，正是張金剛、張立剛二個。二人口中道：「徐教師，太尉鈞旨道：你有一副好甲，就叫你將去比看，太尉在府裏專等。」徐寧強做鎮定，施禮道：「二位容稟：我這表弟，數年不見，剛至家中，酒尚不曾吃得兩口。可否容我稍事安置便來？」那張氏兄弟知徐寧一向溫順，便道：「教師速來。」兩個去了。

徐寧一時怔在當場。湯隆高聲道：「兄長，還記得林教頭否？」徐寧道：「怎地？」湯隆急切接口道：「當日，那高俅也是著兩個人，命他去殿帥府比刀。天下人皆知：一去，無回！」徐寧聽罷，不禁打個冷顫。徐寧娘子聽得，不禁哭將起來，道：「童樞密得罪不起，高太尉招惹不得。我夫妻兩個，總是死路一條！」徐寧不言。湯隆起身，望定徐寧道：「這金槍班，每日無早無晚，伺候那風流天子。枉得兄長男子漢空有一身本領，不遇明主，屈沉在小人之下，受這般醃臢的氣！今朝惟有披甲而去，方能保得一家安穩！」徐寧心亂如麻，娘子哭泣不已。湯隆見狀，徑到卧室梁上，取那寶甲來，塞在徐寧娘子懷裏，急急與夫妻二人換了一般尋常衣物，拉了兩個從後門便走……

這湯隆在父親亡後，因為貪賭，流落在江湖上，打鐵度日。為是常年火星飛濺，渾身有麻點，人都叫他做「金錢豹子」。因在江湖上結識了李逵，遂隨他上了梁山聚義。此番呼延灼用連環馬軍大敗梁山兵馬，湯隆忽地想起只有姑舅哥哥徐寧的「鉤鐮槍」可破「連環馬」，遂前來東京，請其共聚義。願以為要大費周張，不想正逢此劫。在徐寧混沌中，湯隆拉扯著他夫妻兩個出個東京。早有神行太保戴宗候在城外，不由分說，載上幾人，直奔梁山。

徐寧到得梁山，見了林沖，未及見禮。林沖先問道：「兄長，我娘子如何？」徐寧道：「阿嫂被高俅父子威逼親事，自縊身死。死時連呼『官人』不止！」林沖立時垂淚。那陳香梅亦在旁相伴落淚。又問：「泰山怎樣？」徐寧道：「老教頭思念成疾，卧牀不起，診治多次，只不見效。小弟前去探看過幾次，口中都只叫喚你夫妻兩個。」林沖聽了，又悲傷不已。

徐寧、林沖二個唏噓一番。也知奸臣當道，唯有暫避水泊，以等將來。

宋江遂命湯隆、雷橫監造鉤鐮槍。待完備，啟請徐寧教眾軍健學使鉤鐮槍法。不日，雙方再戰。梁山兵馬一舉擊潰朝廷軍，三州軍馬大敗虧輸，雨零星亂。韓滔、彭玘雙雙被擒，只呼延灼一個、仗著御賜寶馬、單騎衝殺出去。

匹馬。

雙鞭。

何往？

第十七回：色

呼延灼在路尋思道：不想今日閃得我如此！是去投誰好？猛然想起：青州慕容知府舊與我有一面相識，何不去那裏投奔他？打通童樞密的關節，那時再引軍來報仇不遲！遂縱馬逕投青州。

次日天曉，呼延灼逕到府堂階下，參拜了慕容知府。知府驚詫，問道：「聞知將軍收捕梁山泊草寇，如何到此間？我那團練韓滔何在？」呼延灼只得把上項訴說了一遍。慕容知府聽了，心中道：「韓滔與我不睦，陷了也好。呼延灼這廝將門虎子，終是威武。正好借他剷除禍患。」遂道：「將軍折了許多人馬，此非慢功之罪，中了賊人奸計，亦無奈何。下官所轄地面多被草寇侵害，將軍到此，可先掃清二龍山，將那處強人一發剿捕了，下官自當請童樞密一力保奏，再教將軍引兵復仇，如何？」呼延灼要借他勢力，便拜道：「深謝恩相主監。若蒙如此，誓當效死報德！」慕容知府便點馬步軍二千，借與雙鞭將。呼延灼謝了知府，披掛上馬，帶領軍兵向二龍山進發。

漸至山腳，遠望見一彪軍馬飛奔而下。見塵頭起處，當頭一個胖大和尚，騎了一匹白馬，正是花和尚魯智深，在馬上大喝道：「那個是梁山泊殺敗的，敢來俺這裏唬嚇人！」呼延灼道：「先殺你這個賊禿，豁我心中怒氣！」魯智深輪動鐵禪杖，呼延灼舞起雙鞭，二馬相交，兩邊吶喊。鬥至四五十合不分勝敗。呼延灼暗暗喝采道：「這個和尚倒恁地了得！」兩邊鳴金，各自收軍暫歇。呼延灼少停，耐不得，再縱馬出陣，大叫：「賊和尚！再出來與你定個輸贏，見個勝敗！」魯智深待正要出馬，身旁楊志叫道：「師父少歇，看洒家去捉這廝！」舞刀出馬來與呼延灼交鋒。兩個鬥到四五十合，亦不分勝敗。呼延灼又暗暗喝采道：「怎的哪裏走出這兩個來！恁地了得！不是綠林中手段！」楊志也見呼延灼武藝高強，賣個破綻，撥回馬，跑回本陣。呼延灼也勒轉馬頭，不來追趕。魯、楊兩個早有打算，便自收軍。呼延灼心內想道：「指望到此勢如破竹，便拿了這夥草寇，怎知又逢著這般對手！我直如此命薄！」只得帶領軍馬，連夜回青州去了。

慕容知府接入城中。心道：「這廝現今一無是處，又不能與我出力，何故助他？眼見得有這匹寶馬，不若就此取了，日後定有用處。孝敬童樞密，也多需進項！」遂置酒相待，呼延灼連日征戰，困乏已極，又心下惶恐，不免宿醉。知府先叫把那踏雪烏騅寶馬鎖了。

這呼延灼次早醒轉，已被下在牢中。那慕容知府道：「你征梁山泊不得，戰二龍山又不下，軍馬盡損，有負聖恩。我這就報請童樞密定你罪過。」呼延灼氣憤不已，閉目不言。

二龍山上，魯、楊二頭領得了戴宗來邀，商量道：「自林教頭上山以來，梁山泊如此興旺。那宋公明壯觀山寨，今又有柴大官人上山，真是：江湖風雨多，逼上梁山泊！」便盡數收拾人馬錢糧下山，放火燒毀寨柵，去投梁山。

行至青州城外，不期聽得呼延灼被下獄。楊志道：「這呼延將軍，與洒家一般，都是忠臣之後。

只是報國無門！」魯智深吼道：「打了這城子！」

這慕容知府只懂貪腐、不會治軍，自韓滔一去，青州又無將領守城，二龍山人馬一舉踏破城池。就於牢中救出呼延灼，牽出寶馬、取了雙鞭。那慕容知府被魯智深一禪杖打死在府堂階下。三個整頓人馬急速前行。

至東平府界，探路的嘍囉回報：「有那好漢九紋龍史進被東平府賀知府鎖在城門上示眾！」魯智深向楊志道：「這史進豪爽俠義，先前洒家救助金老漢與金翠蓮兩個時，多得他相助。」楊志笑道：「一發救了他，同上梁山去。」呼延灼一馬當先，賺開了城門。救得史進，史進自殺了賀知府，其他軍民秋毫不犯。

四條好漢並駕同行，聽那史進訴説：「這賀知府，原是童貫門人；那廝為官貪濫，非理害民。以花石綱稅賦之名相挾，動輒強奪他人女兒，隨意把人刺配遠惡軍州。小弟路過這裏聽説，直去府裏要刺殺這廝，不期被他知覺，倒吃拿了！」三個聽罷，齊聲喝道：「好個九紋龍！」

直近梁山地界，早有林沖等人來迎。行不幾步，宋江率眾於路旁相候。呼延灼看時，那韓滔、彭玘已都歸順了。三員將領相聚，不免痛斥童樞密、高太尉一番。

當日梁山，眾好漢大碗喝酒、大塊吃肉，其樂融融。

殿帥府裏，聞得眾強人擊潰朝廷軍，呼延灼等都降了。又一鼓作氣，打破了青州與東平府。高俅目瞪口呆，心內盤算著如何向皇上申奏為好。

樞密院內，童貫聽報強人打殺了慕容知府、賀知府，冷哼一聲，罵道：「兩個沒用的蠢才！」階下眾人見他大怒，無不噤若寒蟬。

半晌，童樞密又道：「天時得於上，人力盡於下。此際正值天時如此，非人力所能為！」眾人面面相覷，個中有人知其出處、卻不解其意。乃是《茶論》之〈色〉篇：

> 點茶之色，以純白為上真，青白為次，灰白次之，黄白又次之。天時得於上，人力盡於下，茶必純白。天時暴暄，芽萌狂長，采造留積，雖白而黄矣。青白者，蒸壓微生。灰白者，蒸壓過熟。壓膏不盡則色青暗，焙火太烈則色昏赤。

太師府中，蔡京沉吟道：「我那九子年少，不知刀槍無眼。可惜走脫了徐寧，不然定取他寶甲予德章使用。」

蔡得章此番倒無事，梁中書卻又惹出禍事來。

那大名府是北京，城中有一眾富戶。這梁世傑要佔他們家私，不管是生在豪富之家，還是非理不為、非財不取之士，皆無遺漏。有那幾個作事謹慎者，也不免遭到厄運，被梁中書編排個理由，刺配出城。卻被一條好漢攔路解救，為首解差，一是董超、一是薛霸，被梁中書啟用，此番雙雙喪命於他弩箭之下。其餘解差，倉皇逃回。梁中書盛怒，廣撒軍兵，擒得那人，下在獄中。

那人本身姓燕，官名單諱個青字。端的是條好漢。一身雪練也似白肉，刺了一身遍體花繡，若賽錦體，由你是誰，都輸與他。不則一身好花繡，更兼吹的、彈的、唱的、舞的、拆白道字、頂真續麻，無有不能，無有不會。亦是說的諸路鄉談，省的諸行百藝的市語。更且一身本事，無人比的：拿著一張川弩，只用三枝短箭，箭到物落，並不放空。亦常暗地裏憑這駑箭射殺歹人，旁人自是不知。亦且此人百伶百俐，道頭知尾。生得六尺以上身裁，二十四五年紀，十分腰細膀闊。北京城裏人口順，都叫他做浪子燕青。

那時，梁山泊廣邀江湖豪傑共聚，眾好漢正說到他。聞得他受梁中書迫害。先是柴進隻身入城，千両黃金周旋，保得燕青性命。又整頓人馬，直逼大名府城下，要那梁中書交出燕青。又向城中投了無數沒頭貼中，那城中百姓撿來看時，帖子上寫道——梁山泊義士宋江，仰示大名府，佈告天下：今為大宋朝濫官當道，污吏專權，毆死良民，塗炭萬姓，妄徇奸賄，殺害善良！今梁山義軍拔寨興師，同心德、清君側，大兵到處，玉石俱焚。剿除奸詐，殄滅愚頑。天地咸扶，鬼神共佑。談笑入城，並無輕恕。義夫節婦，孝子順孫，好義良民，清慎官吏，切勿驚惶，各安職業。諭眾，知悉。

梁世傑情知事大，坐立不安，不敢耽擱。當日差下首將王定，換了百姓裝束，領了密書，放開城門吊橋，望東京飛報聲息。

蔡太師拆開密書，看了大驚，問其備細。王定把事，一一說了。急道：「如今宋江領兵圍城，聲勢浩大，不可抵敵。」蔡京道：「鞍馬勞困，你且去館驛內安下，待我會官商議。」王定又稟道：「太師恩相，大名危如累卵，破在旦夕，倘或失陷，河北縣郡，如之奈何？望太師恩相，早早發兵剿除！」蔡京道：「不必多說，你且退去。」王定去了。太師隨即差請樞密院官，急來商議軍情重事。

不移時，樞密使童貫引三衙太尉，那馬帥王都尉、步帥段常、殿帥高俅，都到節堂，參見太師。蔡京把大名危急之事備細說了一遍，問道：「如今將何計策，用何良將，可退賊兵，以保城郭？」說罷，小王都太尉如常不語，高太尉上回兵敗、尚無良策，那段常是靠太師提拔、無有本事。身後眾官互相廝覷，各有懼色。只見那步司太尉背後轉出一人，乃是衙門防禦使保義，姓宣，名贊，掌管兵馬。此人武藝出眾，但生得醜陋。先前在王府曾做郡馬，人呼為「醜郡馬」。因對連珠箭贏了遼將，郡王愛他武藝，招做女婿。誰想郡主嫌他醜陋，懷恨而亡。因此不得重用，只做得個兵馬保義使。童貫是個阿諛諂佞之徒，與他不能相下，常有嫌疑之心。當時此人忍不住，出班來稟太師道：「小將當初在鄉中有個相識。此人乃是漢末三分義勇武安王嫡派子孫，姓關名勝，字必勝。生的規模與祖上雲長相似，使一口青龍偃月刀，人稱為大刀關勝。現做蒲東巡檢，屈在下僚。此人幼讀兵書，深通武藝，有萬夫不當之勇。若請他拜將，可以掃清水寨，殄滅狂徒，保國安民。乞取鈞旨。」蔡京正愁無良將可用，聽罷大喜，口中連道：「必勝，必勝！好，好！」就差宣贊為使，齎了文書鞍馬，連夜星火前往蒲東，禮請關勝赴京計議。眾官皆退。

不日，關勝跟隨宣贊來到東京，徑投太師府，直到節堂，拜見已罷，立在階下。蔡京看了關勝，端的好表人才，登時大喜。蔡太師道：「梁山泊草寇圍困北京城郭，請問良將，願施妙策，以解其圍。」關勝稟道：「久聞草寇佔住水窪，驚群動眾。今擅離巢穴，自取其禍。若救北京，虛勞人力。乞假精兵數萬，先取梁山，後拿賊寇，教他首尾不能相顧。」太師見說大喜，與宣贊道：「此乃圍魏救趙之計，正合吾心。」隨即喚樞密院，調撥凌州團練使郝思文赴京，與關勝共同剿捕梁山強賊。

這日，蔡太師點閱人馬。教郝思文為先鋒，宣贊為合後，關勝為領兵指揮使，步軍太尉段常督軍與接應糧草。這蔡京犒賞三軍，限日下起行，大刀闊斧，殺奔梁山泊去了。

數日後，段太尉率殘兵敗將，狼狽逃回……

第十八回：藏焙

太師府。

段常一席話，驚得蔡京跌坐太師椅上。

那關勝率軍征剿梁山泊，初時獲勝。後被那反將呼延灼假降詐騙，誆這關勝月夜去偷營，中了奸計，盡數被擒。不知那宋江用怎般手段，使得關勝並宣贊、郝思文三員將領都降了梁山。幸得段常懼戰，安營遠處，否則必然全軍覆沒。

驚魂未定，前者遣返的大名府首將王定又至，又是驚天飛報——那梁山軍破了大名府，救得燕青並眾冤屈之人，收軍去了。幸得梁中書與夫人兩個躲在後花園中，逃得性命，便寫表申奏，教太師知道，早早調兵遣將，剿除賊寇報仇。隨表抄寫被殺死者五千餘人，中傷者不計其數，各部軍馬，總折卻三萬有餘。

蔡京初意調那關勝行軍，功歸梁中書身上，自己亦有榮寵。今見事體敗壞難遮掩，又驚又怒。

次日五更，景陽鐘響，待漏院眾集文武群臣，蔡太師為首，直臨玉階，面奏道君皇帝。天子覽奏大驚，問敢當如何處置。

有諫議大夫趙鼎出班奏道：「前者往往調兵徵發，皆折兵將，蓋因失其地利，以致如此。以臣愚意，不若降敕赦罪招安，詔取赴闕，命作良臣，以防邊境之害。」蔡京正自神傷，聽了大怒，喝叱道：「汝為諫議大夫，反滅朝廷綱紀，猖獗小人，罪合賜死！」天子道：「如此，目下便令出朝。」當下革了趙鼎官爵，罷為庶人。豈知天道有輪迴：後徽宗第九子為帝，閱那《哲宗實錄》，見蔡京所撰，事多失實，議論不公，命重修。遂以趙鼎為監修，將蔡京所撰一力推翻！

集英殿。

天子擲書於地，蔡京、童貫、高俅三個跪伏在地，伏首看時，見是：

焙數則首面乾而香減，失焙則雜色剝而味散。要當新芽初生即焙，以去水陸風濕之氣。焙用熱火置爐中，以靜灰擁合七分，露火三分，亦以輕灰糝覆，良久即置焙簍上，以逼散焙中潤氣。然後列茶於其中，盡展角焙之，未可蒙蔽，候火速徹覆之。火之多少，以焙之大小增減。探手中爐，火氣雖熱而不至逼人手者為良。時以手挼茶體，雖甚熱而無害，欲其火力通徹茶體耳。或曰，焙火如人體溫，但能燥茶皮膚而已，內之餘潤未盡，則復蒸暍矣。焙畢，即以用久竹漆器中緘藏之，陰潤勿開。如此終年再焙，色常如新。

三人各個大驚，那「未可蒙蔽」四字，在陽光直射下，令人雙目生疼！

蔡京急道：「老臣用人失誤，甘願請罰。」皇帝不語。

童貫接道：「臣掌管三軍，卻不查軍中多有反骨之將，臣有罪。」皇帝仍是不語。

蔡京又道：「那段常督軍不利，乞請聖上革去步司太尉一職，罷為庶人。」皇帝點頭。

高俅跪行一步，哭道：「微臣亦用人失誤，可憐我那兄弟高廉，還有那尚在胎中的侄兒。」皇帝擺手道：「寡人知道。」

道君皇帝令三人起身，輕聲問道：「以諸卿之意，當以何人補步帥？」蔡京不語，高俅心知機不可失，應道：「依臣之見，楊戩可勝任。」皇帝以目視童貫，童樞密亦道：「楊戩可堪此任。」

見皇帝怒氣漸消。童貫適時稟道：「臣奉聖命，收集花石，成效頗豐。請旨擇定吉日，破土蓋萬歲山……」

見段常追隨蔡京數載，就此免了步司太尉。那滯留東京的知府王新明，遂向蔡太師請命，歸家務農。太師無心理會，自是允了。這王新明離京時，帶了一個人同去，卻是大名府首將王定。原來，兩個是父子。兩個自鄉野來，歷經幾番風雨，又作尋常人家。

這一日，徽宗皇帝在宮中煩悶。便扮作白衣秀士，引著步司太尉楊戩一個，出宮頑耍。二人信步而行。那楊太尉引著皇帝，兩個轉過御街，見兩行都是煙月牌，來到中間，見一家外懸青布幕，裏掛斑竹簾，兩邊盡是碧紗窗，外掛兩面牌，牌上各有五個字，寫道：歌舞神仙女，風流花月魁。

皇帝見了歡喜。兩個徑到門首，揭開青布幕，掀起斑竹簾，轉入中門，見掛著一碗鴛鴦燈，下面犀皮香桌兒上，放著一個博山古銅香爐，爐內細細噴出香來。兩壁上掛著四幅名人山水畫，下設四把犀皮一字交椅。皇帝覺得有趣。又轉入天井，又是一個大客位，設著三座香楠木雕花玲瓏小牀，鋪著落花流水紫錦褥，懸掛一架玉棚好燈，擺著異樣古董。楊太尉微微咳嗽一聲，只見屏風背後轉出一個虔婆並一個丫鬟來，望著皇帝，雙雙跪地叩首。皇帝問道：「這兩個怎知寡人？」楊太尉道：「普天之下，莫非王土。四海之內，皆是順民。」皇帝笑而不語。

兩個徑直到裏面，見一女子，生得豔冠天下，傾國傾城。徽宗皇帝看得呆了。那女子纖體伏地，香音飄來：「民女李師師……」

第十九回：品名

元宵節將至。

徽宗皇帝大張燈火，與民同樂。四海之人，各色人等，爭相入城看燈。東京城內，各家婦女，亦於街頭競豔。

那花魁李師師獨個靜坐房內，展卷而讀。這也是徽宗為她著迷處。可謂：遍品天下「鮮茗」，惟愛這款「名茶」。這花魁娘子也想透過文字，研讀天子。素手所握，乃是《茶論》；纖指所觸，正當〈品名〉：

名茶各以所產之地。如葉耕之平園、台星岩，葉剛之高峰青鳳髓，葉思純之大嵐，葉嶼之屑山，葉五崇林之羅漢山水，葉芽、葉堅之碎石窠、石臼窠，葉瓊、葉輝之秀皮林，葉師復、師貺之虎岩，葉椿之無又岩芽，葉懋之老窠園，各擅其門，未嘗混淆，不可概舉。前後爭鬻，互為剝竊，參錯無據。曾不思茶之美惡，在於製造之工拙而已，豈岡地之虛名所能增減哉。焙人之茶，固有前優而後劣者，昔負而今勝者，是亦園地之不常也。

正月十二日。

萬壽門外，一家客店。

兩個人從店中出來。一人周身氣派，穿一身整整齊齊的華服。另一人面容俊美，打扮更是不俗。兩個離了店肆，看城外人家時，家家熱鬧，戶戶喧嘩，都安排慶賞元宵，各作賀太平風景。來到城門下，竟沒人阻擋，當下兩個逕入得城來。

行到御街上，往來觀玩，轉過東華門外，見往來錦衣花帽之人，紛紛濟濟，各有服色，都在茶坊酒肆中坐地。兩個徑上一個小小酒樓，臨街佔個閣子，憑欄望時，見班直人等多從內裏出入，襆頭邊各簪翠葉花一朵。那人喚另一個，附耳低言：「你與我如此如此。」那弱冠俊朗者是個點頭會意的人，不必細問，火急下樓。

那人出得店門，恰好迎著個老成的班直官，上前唱個喏。那班直道：「面生並不曾相識。」這人說道：「小人的東人和觀察是故交，特使小人來相請。」接著探問道：「莫非足下是張觀察？」那人道：「我自姓王。」那人隨口應道：「正是教小人請王觀察，貪慌忘記了。」那王觀察跟隨著他來到樓上，揭起簾子，對座上人道：「請到王觀察來了。」恭敬接了觀察手中執色，邀入閣兒裏相見，各施禮罷。王班直見那人儀表非凡，但看了半晌，卻不認得，說道：「在下眼拙，失忘了足下，適蒙呼喚，願求大名。」那氣派之人笑道：「小弟與足下童稚之交，且未可說，兄長熟思之。」一壁便叫取酒肉來，與觀察小酌。酒保安排到肴饌果品後，那弱冠者斟酒，殷懃相勸。酒至半酣，氣派者問道：「觀察頭上這朵翠花何意？」那王班直道：「今上天子慶賀元宵，我們左右內外共有二十四班，通類有五千七八百人，每人皆賜衣襖一領，翠葉金花一枝，上有小小金牌一個，鑿著『與民同樂』四字，因此每日在這裏聽候點視。如有宮花錦襖，便能勾入內裏去。」那人道：「在下卻不省得。」又飲了數杯，座上人便叫斟酒人：「你自去與我旋一杯熱酒來吃。」無移時，酒到了，便起身與王班直把盞道：「足下飲過這杯小弟敬酒，方才達知姓氏。」王班直道：「在下實想不起，願求大名。」王班直拿起酒來，一飲而盡。恰才吃罷，口角流涎，兩腳騰空，倒在凳上。那人慌忙去了巾幘、衣服、靴襪，卻脫下王班直身上錦襖、踢串、鞋胯之類，從頭穿了，帶上花帽，拿了執色，分付道：「酒保來問時，只說這觀察醉了，那官人未回。」那個道：「不必分付，自有道理支吾。」

這官人離了酒店，直入東華門，去看那內庭時，真乃人間天上。他去到內裏，但過禁門，為有服色，無人阻當，直到紫宸殿，轉過文德殿，殿門各有金鎖鎖著，不能勾進去。且轉過凝暉殿，從殿邊轉將入去，到一個偏殿，牌上金書「睿思殿」三字，此是官家看書之處。

側首開著一扇朱紅槅子，他閃身入去看時，見正面鋪著御座，兩邊幾案上放著文房四寶：象管、花箋、龍墨、端硯。又有一個玉龍筆架和一對羊脂玉碾成的鎮紙獅子。書架上盡是群書，各插著牙籤。正面屏風上，堆青迭綠畫著山河社稷混一之圖。轉過屏風後面，但見素白屏風上御書四大寇姓名，寫著道：山東宋江、江南方臘、北遼、西夏。

那人看了這四個姓名，心中暗忖道：「國家被我們擾害，因此時常記心，寫在這裏。」便去身邊拔出暗器，正把「山東宋江」那四個字刻將下來。慌忙出殿，隨後早有人來。那官人便離了內苑，出了東華門，回到酒樓上看那王班直時，尚未醒來，依舊把錦衣、花帽、服色等項都放在閣兒內。他還穿了依舊衣服，喚酒保計算了酒錢，剩下十數貫錢，就賞了酒保。臨下樓來分付道：「我和王觀察是弟兄。恰才他醉了，我替他去內裏點名了回來，他還未醒。我卻在城外住，恐怕誤了城門，剩下錢都賞你，他的服色號衣都在這裏。」酒保道：「官人但請放心，男女自伏侍。」那兩人離得酒店，徑出萬壽門去了。

王班直到晚起來，見了服色、花帽都有，但不知是何意。酒保說那官人的話，王班直似醉如癡，回到家中。次日聽說：「睿思殿上不見『山東宋江』四個字，今日各門好生把得鐵桶般緊，出入的人，都要十分盤詰。」王班直情知是了，哪裏敢說。

那官人兩個回到店中，對一人備細說內宮之中，取出御書大寇「山東宋江」四字，與他看。那人看罷，嘆息不已。原來，那人正是宋江。那官人是柴進，另一個是燕青。

卻原來是，梁山好漢入了東京。

正月十三日。

柴進一人出得客店來。燕青見他心事重重，亦緊隨跟來。兩上也不說話，一前一後，只顧行走。直到陳橋驛，柴大官人停下，燕青也駐足。柴進望著顯烈觀，口中道：「太祖皇帝立誓：柴氏子孫有罪，不得加刑，縱犯謀逆，止於獄中賜盡，不得市曹刑戮，亦不得連坐支屬。」嘆息一聲，又道：「子孫有渝此誓者，天必殛之！」

柴進默然。燕青無語。良久，又一前一後回轉客店去。

十四日黃昏。

明月從東而起，天上並無雲翳。

宋江、柴進扮作閒涼官，戴宗扮作承局，燕青扮為小閒，只留李逵看房。

四個人雜在社火隊裏，取路哄入封丘門來，遍玩六街三市，果然夜暖風和，正好遊戲。轉過馬行街來，家家門前紮縛燈棚，賽懸燈火，照耀如同白日。正是樓臺上下火照火，車馬往來人看人。

四個轉過御街，見一家外掛兩面牌，牌上寫道：歌舞神仙女，風流花月魁。宋江見了，便入茶坊裏來吃茶，問茶博士道：「前面角妓是誰家？」茶博士道：「這是東京上廳行首，喚做李師師。」宋江道：「莫不是和今上打得熱的？」茶博士道：「不可高聲，耳目覺近。」宋江便喚燕青，附耳低言道：「我要見李師師一面，暗裏取事。你可生個婉曲入去，我在此間吃茶等你。」宋江自和柴進、戴宗在茶坊裏吃茶。

那燕青徑到李師師門首，揭開青布幕，掀起斑竹簾，轉入中門，又入天井，只見屏風背後轉出一個丫鬟來，見燕青道個萬福，便問燕青：「哥哥高姓？哪裏來？」燕青道：「相煩姐姐請媽媽出來，小閒自有話說。」丫鬟入去不多時，轉出李媽媽來，燕青請她坐了，納頭四拜。李媽媽道：「小哥高姓？」燕青答道：「老娘忘了，小人是張乙的兒子張閒的便是，從小在外，今日方歸。」原來世上姓張姓李姓王的最多，那虔婆思量了半晌，又是燈下，認人不仔細，猛然省起，叫道：「你不是太平橋下小張閒麼？你哪裏去了，許多時不來？」燕青道：「小人一向不在家，不得來相望。如今伏侍個山東客人，有的是家私，說不能盡。他是個燕南河北第一個有名財主，今來此間：一者就賞元宵，二者來京師省親，三者就將貨物在此做買賣，四者要求見娘子一面。怎敢說來宅上出入，只求同席一飲，稱心滿意。不是小閒賣弄，那人實有千百兩金銀，欲送與宅上。」那虔婆是個好利之人，愛的是金資，聽的燕青這一席話，便動了念頭，忙叫李師師出來，與燕青廝見。

當下李師師輕移蓮步，款蹙湘裙出來。燈下看時，端的好容貌。燕青見了，納頭便拜。李師師見了燕青這表人物，倒有心看上他。便問端詳。

那虔婆說與備細，李師師道：「那員外如今在哪裏？」燕青道：「只在前面對門茶坊裏。」李師師便道：「請過寒舍拜茶。」燕青道：「不得娘子言語，不敢擅進。」虔婆道：「快去請來。」燕青徑到茶坊裏，見戴宗、李逵在吃茶，宋江在愣怔。原來宋江置身此間，忽地想到閻婆惜，亦是這東京人氏……燕青在宋江耳邊道了消息。戴宗取些錢，還了茶博士，三人跟著燕青，徑到李師師家內。

入得中門相接，請到大客位裏，李師師斂手向前動問起居道：「適聞張閒多談大雅，今辱左顧，綺閣生光。」宋江答道：「山僻村野，孤陋寡聞，得睹花容，生平幸甚。」李師師便邀請坐，又看著柴進問道：「這位官人是足下何人？」宋江道：「此是表弟柯巡簡。」就叫戴宗拜了李師師。宋江、柴進居左，客席而坐，李師師右邊，主位相陪。丫鬟捧茶至，李師師親手與宋江、柴進、戴宗、燕青換盞。那盞白茶，香攝魂魄。茶罷，收了盞托，欲敘行藏，只見丫鬟來報：「官家來到後面。」李師師道：「其實不敢相留。來日駕幸上清宮，必然不來，卻請諸位到此，少敘三杯。」宋江喏喏連聲，帶了三人便行。

出得李師師門來，穿出小御街，徑投天漢州橋來看鼇山。戴宗道：「此橋正是楊制使殺那破落戶潑皮處！」幾個聽了，嘖聲感嘆。四人正打從樊樓前過，聽得樓上笙簧聒耳，鼓樂喧天，燈火凝眸，遊人似蟻。宋江、柴進也上樊樓，尋個閣子坐下，取些酒食肴饌，也在樓上賞燈飲酒。吃不到數杯，只聽得隔壁閣子內有人作歌道：「浩氣沖天貫鬥牛，英雄事業未曾酬。手提三尺龍泉劍，不斬奸邪誓不休！」

第二十回：外焙

宋江聽得狂歌，慌忙過去隔壁看時，卻是九紋龍史進、花和尚魯智深在閣子內吃得大醉，口出狂言。宋江走近前去喝道：「你這兩個兄弟嚇殺我也！快算還酒錢，連忙出去！早是遇著我，若是做公的聽得，這場橫禍不小。誰想你這兩個兄弟也這般無知粗糙！快出城，不可遲滯。明日看了正燈，連夜便回，只此十分好了，莫要弄得撅撒了！」史進默默，智深無言，便叫酒保算還了酒錢。兩個下樓，取路先投城外去了。兩個入得客店，不免再度吃酒。史進道：「此入東京，想起師父王進，虧得他相授，方有這一身本領。」智深接口道：「王教頭投到老种經略帳下，也有前程。怎似林教頭這般。」兩個默默飲酒。智深又忽道：「董超、薛霸那兩個鳥人，當日林教頭不忍殺他。聽燕青講，他兩個在大名府害人時，被他一箭一個，結果了性命！」兩個痛飲不休。

宋江與柴進四人微飲三杯，少添春色。戴宗計算還了酒錢，四人拂袖下樓，徑往萬壽門來客店內敲門。留守李逵，困眼睜開，對宋江道：「哥哥不帶我來也罷了，既帶我來，卻教我看房，悶出鳥來。你們都自去快活！」宋江道：「為你生性不善，面貌醜惡，不爭帶你入城，只恐因而惹禍。」李逵便道：「你不帶我去便了，何消得許多推故！幾曾見我哪裏嚇殺了別人家小的大的！」宋江道：「只有明日這一夜帶你入去，看罷了正燈，連夜便回。」李逵呵呵大笑。

十五日傍晚。

正是上元節候，天色晴明得好，慶賀元宵的人不知其數。

宋江與同柴進，依前扮作閒涼官，引了戴宗、李逵、燕青，五個人徑從萬壽門來。是夜雖無夜禁，各門頭目軍士全付披掛，都是戎裝帽帶，弓弩上弦，刀劍出鞘，擺佈得甚是嚴整。殿帥府太尉高俅要顯功勞，自引鐵騎馬軍五千，在城上巡禁。

宋江等五個向人叢裏挨挨搶搶，直到城裏，先喚燕青，附耳低言：「與我如此如此，只在夜來茶坊裏相等。」燕青徑往李師師家扣門，李媽媽、李行首都出來接見燕青，便說道：「煩達員外休怪，官家不時間來此私行，我家怎敢輕慢。」燕青道：「主人再三上覆媽媽，啟動了花魁娘子，山東海僻之地，無甚希罕之物。便有些出產之物，將來也不中意。只教小人先送黃金一百両，權當人事。隨後別有罕物，再當拜送。」李媽媽問道：「如今員外在哪裏？」燕青道：「只在巷口等小人送了人事，同去看燈。」世上虔婆愛的是錢財，見了燕青取出那火炭也似金子兩塊，放在面前，如何不動心！便道：「今日上元佳節，我子母們卻待家筵數杯，若是員外不棄，肯到貧家少敘片時。」燕青道：「小人去請，無有不來。」說罷，轉身回得茶坊，說與宋江了，隨即都到李師師家。

宋江教戴宗同李逵只在門前等。三個人入到裏面大客位裏，李師師接著，拜謝道：「員外識荊之初，何故以厚禮見賜，卻之不恭，受之太過。」宋江答道：「山僻村野，絕無罕物。但送些小微物，表情而已，何勞花魁娘子致謝。」李師師邀請到一個小小閣兒裏，分賓主坐定，丫鬟捧出珍異果子，濟楚菜蔬，希奇按酒，甘美肴饌，盡用錠器，擺一春台。李師師執盞向前拜道：「夙世有緣，今夕相遇二君，草草杯盤，以奉長者。」宋江道：「在下山鄉雖有貫伯浮財，未曾見如此富貴。花魁的風流聲價，播傳寰宇，求見一面，如登天之難，何況親賜酒食。」李師師道：「員外獎譽太過，何敢當此。」都勸罷酒，叫丫鬟再將小小金杯巡篩。但是李師師說些街市俊俏的話，皆是柴進回答，燕青立在邊頭和哄取笑。

酒行數巡，宋江口滑，揎拳裸袖，點點指指，把出梁山泊手段來。柴進笑道：「我表兄從來酒後如此，娘子勿笑。」李師師道：「各人稟性何傷！」丫鬟說道：「門前兩個伴當。一個黑大漢，且是生的怕人，在外面喃喃吶吶地罵。」宋江道：「與我喚他兩個人來。」只見戴宗引著李逵到閣子裏。李逵看見宋江、柴進與李師師對坐飲酒，自肚裏有五分沒好氣，圓睜怪眼，直瞅他三個。李師師便問道：「這漢是誰？恰象土地廟裏對判官立地的小鬼。」眾人都笑，獨李逵不省得。宋江答道：「這個是家生的孩兒小李。」李師師笑道：「我倒不打緊，辱莫了太白學士。」宋江道：「這廝卻有武藝，挑得三二百斤擔子，打得三五十人。」李師師叫取大銀賞鐘，各與三鐘，戴宗也吃三鐘。燕青只怕他口出訛言，先打發他和戴宗依先去門前坐地。宋江道：「大丈夫飲酒，何用小杯！」就取過賞鐘，連飲數鐘。李師師低唱豪放詞。

宋江乘著酒興，索紙筆來，磨得墨濃，蘸得筆飽，拂開花箋，對李師師道：「不才亂道一詞，盡訴胸中鬱結，呈上花魁尊聽。」當時宋江落筆，遂成〈念奴嬌〉一首，道是：天南地北，問乾坤何處可容狂客？借得山東煙水寨，來買鳳城春色。翠袖圍香，降綃籠雪，一笑千金值。神仙體態，薄幸如何消得？想蘆葉灘頭，蓼花汀畔，皓月空凝碧。六六雁行連八九，只等金雞消息。義膽包天，忠肝蓋地，四海無人識，離愁萬種，醉鄉一夜頭白。

寫畢，遞與李師師反覆看了，不曉其意。宋江只要等他問其備細，卻把心腹衷曲之事告訴，只見丫鬟來報：「官家從地道中來至後門。」李師師忙道：「不能遠送，切乞恕罪。」自來後門接駕。虔婆、丫鬟連忙收拾過了杯盤什物，扛過台桌，灑掃亭軒。宋江等都未出來，卻閃在黑暗處，張見李師師拜在面前。只見天子頭戴軟紗唐巾，身穿滾龍袍，說道：「寡人今日幸上清宮方回，教御弟郡王在宣德樓賜萬民御酒、在千步廊買市。約下楊太尉，久等不至，寡人自來。愛卿近前與朕攀話。」宋江在黑地裏說道：「今番挫過，後次難逢，俺三個就此告一道招安赦書，有何不好！」柴進道：「如何使得？便是應允了，後來也有翻變。」

三個正在黑影裏商量。卻有那李逵見了宋江、柴進和那美色婦人吃酒，卻教他和戴宗看門，頭上毛髮倒豎起來，一肚子怒氣正沒發付處。只見太尉楊戩揭起簾幕，推開扇門，徑走入來，見了李逵，喝問道：「你這廝是誰？敢在這裏？」李逵也不回應，提起把太師椅，望楊太尉劈臉打來。楊太尉倒吃了一驚，措手不及，被兩交椅打翻地下。戴宗便來救時，哪裏攔擋得住。李逵扯下幅畫來，就蠟燭上點著，東焠西焠，一面放火，香桌椅凳，打得粉碎。宋江等三個聽得，趕出來看時，見黑李逵裰下半截衣裳，正在那裏行兇。四個扯出門外去時，李逵就街上奪條棒，直打出小御街來。

宋江見他性起，只得和柴進、戴宗先趕出城，恐關了禁門，脫身不得，只留燕青看守著他。李師師家火起，驚得趙官家一道煙走了。鄰佑人等一面救火，一面救起楊太尉。城中喊起殺聲，震天動地。高太尉在北門上巡警，聽得了這話，帶領軍馬，便來追趕。燕青伴著李逵，正逃之間，撞著魯智深、史進，見官軍眾多，四個躲進暗巷。正無計策間，巷口閃入一個女子，口中低聲喚道：「智深師父。」魯智深看時，大喜，乃是林冲家的丫鬟錦兒。正要大聲招呼，被錦兒擺手止住，又低聲道：「好漢，隨我來！」幾個跟了錦兒，徑走小巷。不一時，拐到城門邊。錦兒道：「此間只能打殺出去了。」智深忽地想起一事，問道：「張教頭如何？」錦兒垂淚道：「老教頭思念女兒，憂疑過度，染患身故。父女兩個，相距尚不及半載，雙雙去了！」眼見追兵近了，智深急道：「姑娘便與我等一路，同上梁山。」錦兒道：「你等男子好漢，方可改天換地。我只去鄉野，過尋常日子吧。」言罷，閃入另一巷中，沒了身影。

魯智深怒吼一聲，衝將出去。四人各執槍棒，一齊助力，直打到城邊。把門軍士急待要關門，內中突起兩個人來，合力推開那城門。眾守軍怔愣之際，外面插翅虎雷橫輪著樸刀，金錢豹子湯隆使起鐵瓜鎚，早殺入城來，接應裏面四個。這兩個卻是同宋江等一路前來東京，扮作鐵匠，在城外住。這六條好漢與那兩個軍士一聲吶喊，殺出城門外來。正逢著宋江、柴進、戴宗三人。

太尉高俅帶領軍馬恰好趕到城門口來。見梁山只十餘人，正欲下令軍馬衝將出去，將這夥強人全殲於東京。話未出口，見前方煙塵滾滾，瞬間突到城門口。有那帶來的空馬，就教宋江等齊齊上馬。

高俅看時，有甲馬軍一千騎，為首五員虎將：中間一人擎青龍偃月刀，是大刀關勝。左邊兩人，一個揮單槍、一個舞雙鞭，是青面獸楊志、雙鞭呼延灼。右邊兩人，一個執金槍、一個掌蛇矛，是金槍手徐寧、豹子頭林沖。五個立馬於濠塹上，大喝道：「梁山泊好漢全夥在此！」高太尉聽得，哪裏敢出城來。慌忙教放下吊橋，眾軍上城提防。

柴進、林沖對視一眼。柴進正要問那兩個軍士名姓時，關勝身後閃出一人，上前拉住那二人道：「原來是你兩個。」那人乃是解闖。原是太師府府幹，被擒上梁山，好生優待，方知梁山好漢忠義。後見楊志、呼延灼等將門之後，皆歸順，亦入了夥。那兩個是誰？正是當年被高俅罷職、貶為軍士的殿前司牌頭侯偉、軍正司呂大輝。原本非是把關軍士，為因今日元宵大慶，殿帥府調撥而來。

宋江見高俅立於城上，閉門不出。便朗聲道：「眾弟兄，還梁山！」眾好漢吶一聲喊，掉轉身形，縱馬離了東京。

高俅見柴進、林沖諸人去了，氣急敗壞，又要出城追趕。

身後閃過老都管，口中道：「殿帥，何苦動怒，他們是將死之人！」

高俅聽了，放聲大笑……
一輪圓月。
字字清晰：
世稱外焙之茶，臠小而色駁，體耗而味澹，方正之焙，昭然可別。近之好事者篋笥之中，往往半之蓄外焙之品。蓋外焙之家，久而益工製造之妙，咸取則於壑源，效像規模，摹外為正。殊不知，其臠雖等而蔑風骨，色澤雖潤而無藏蓄，體雖實而縝密乏理，味雖重而澀滯乏馨香之美，何所逃乎外焙哉。雖然，有外焙者，有淺焙者。蓋淺焙之茶，去壑源為未遠，制之能工，則色亦瑩白，擊拂有度，則體亦立湯，惟甘重香滑之味稍遠於正焙耳。至於外焙，則迥然可辨。其有甚者，又至於采柿葉桴欖之萌，相雜而造。味雖與茶相類，點時隱隱有輕絮泛然，茶面粟文不生，乃其驗也。桑苧翁曰：「雜以卉莽，飲之成病。」可不細鑒而熟辨之？

宣和畫譜

第二卷天書

引子

梁山好漢，聲動江湖。

衙州撞府，朝廷震怒。

這日早朝，眾官都在御階伺候。只見殿上淨鞭三下響，文武兩班齊，三呼萬歲，君臣禮畢。蔡太師出班，將宋江等眾賊人嘯聚梁山，擾亂州府一事上奏天子。天子大怒，問蔡京道：「此賊為害如此，差何人可以收剿？」蔡太師奏道：「非以重兵，不能收伏。以臣愚意，必得樞密院官親率大軍前去剿捕，可以刻日取勝。」天子教宣樞密使童貫，問道：「卿肯領兵收捕梁山泊草寇？」童貫跪下奏曰：「古人有云：孝當竭力，忠則盡命。臣願效犬馬之勞，以除心腹之患。」高俅、楊戩亦皆保舉。天子隨即降下聖旨，賜與金印、兵符，拜東廳樞密使童貫為大元帥，任從各處選調軍馬，前去剿捕梁山泊賊寇，揀日出師起行。

群臣退朝。道君皇帝留太師蔡京、駙馬都尉王晉卿等文官，共議一事。卻是命將宮廷所藏魏晉以來歷代繪畫著錄編撰成書，時為宣和年，是故稱為《宣和畫譜》。

是夜，蔡、童、高、楊四個歡聚。

蔡太師道：「童樞密畫工亦精。今番剿捕梁山賊寇功成，龍顏大悅之時，老夫奏明天子，選幾幅畫作入《畫譜》，樞密便是文武一身，古今罕有。」童貫聞言，深深一揖。

上卷

樞密使童貫受了天子統軍大元帥之職，徑到樞密院中，便發調兵符驗，要撥管下八路軍州，各起軍一萬，就差本處兵馬都監統率；樞密院下一應事務，盡委馬、步、殿前三司掌管。號令已定，不旬日之間諸事完備。一應接續軍糧，並是殿前司太尉高俅差人趲運。那八路軍馬：于州兵馬都監文君、鄭州兵馬都監畢勝、睢州兵馬都監段鵬舉、陳州兵馬都監吳秉彝、登州兵馬都監瓊納延、鄧州兵馬都監寇鎮遠、許州兵馬都監李明、海州兵馬都監馬萬里。

朝堂之上，呈於皇帝看時，道君天子先聽得報文君、畢勝兩個，便是大喜。文君者，聞君也；畢勝者，必勝也。遂再欽點，御營中選兩員良將為左羽、右翼，又於京師御林軍內選點二萬，守護中軍。那二將：御前飛龍大將王煥、御前飛虎大將韓存保。群臣振奮，唯蔡太師驀地想起那大刀關必勝來，心內五味雜陳。

童貫掌握中軍為主帥，號令大小三軍齊備，武庫撥降軍器，選定吉日出師。蔡太師言說身體抱恙，高太尉、楊太尉設筵餞行。童貫已令眾將次日先驅軍馬出城，然後拜辭天子，飛身上馬，出這新曹門外，五里短亭，只見高、楊二太尉為首，率領眾官先在那裏等候。童貫下馬，高太尉執盞擎杯，與童貫道：「樞密相公此行，與朝廷必建大功，早奏凱歌。此寇潛伏水窪，不可輕進，只須先截四邊糧草，堅固寨柵，誘此賊下山。先差的當的人打聽消息，賊情動靜，然後可以進兵。那時一個個生擒活捉，庶不負朝廷委用。望乞樞密相公裁之。」童貫道：「重蒙教誨，刻骨銘心，不敢有忘。」各飲罷酒。楊太尉也來執鐘，與童貫道：「樞相素讀兵書，深知韜略，剿擒此寇，易如反掌。爭奈此賊潛伏水泊，地利未便。樞相到彼，必有良策。」童貫道：「下官到彼，見機而作，自有法度。」高、楊二太尉一齊進酒，賀道：「都門之外，懸望凱旋。」相別之後，各自上馬。

大小三軍一齊進發，人人要鬥，個個欲爭。一行人馬各隨隊伍，甚是嚴整。前軍四隊，先鋒總領行軍；後軍四隊，合後將軍監督；左右八路軍馬，羽翼旗牌催督；童貫鎮握中軍，總統馬步羽林軍二萬，都是御營選揀的人。童貫執鞭指點軍兵進發。軍容整肅，威風凜凜。

當日童貫離了東京，軍馬上路，正是槍刀流水急，人馬撮風行。兵行五十里屯住。次日又起行，迤邐前進。不一二日已到濟州界分，新任知府張叔夜出城迎接，大軍屯住城外。只見童貫引輕騎入城，至州衙前下馬。張叔夜邀請至堂上，拜罷，起居已了，侍立在面前。童樞密道：「水窪草賊，殺害良民，邀劫商旅，造惡非止一端。往往剿捕，蓋為不得其人，致容滋蔓。吾今統率大軍十萬，戰將百員，刻日要掃清山寨，擒拿眾賊，以安兆民。」張叔夜答道：「樞相在上：此寇潛伏水泊，雖然是山林狂寇，中間多有智謀勇烈之士。樞相勿以怒氣自激，引軍長驅；必用良謀，可成功績。」童貫聽了大怒，罵道：「都似你這等畏懼懦弱匹夫，畏刀避劍，貪生怕死，誤了國家大事，以致養成賊勢。吾今到此，有何懼哉！」張叔夜哪裏敢再言語，且備酒食供送。童樞密隨即出城，次日驅領大軍，近梁山泊下寨。

童樞密升帳，調撥軍兵，點差：睢州都監段鵬舉為正先鋒，鄭州都監畢勝為副先鋒，陳州都監吳秉彝為正合後，許州都監李明為副合後，登州都監瓊納延、鄧州都監寇鎮遠二人為左哨，海州都監馬萬里、于州都監文君二人為右哨，龍虎二將王煥、韓存保為中軍羽翼。童貫為元帥，統領大軍，全身披掛，親自監督。戰鼓三通，諸軍盡起。

行不過十五里，塵土起處，只見山背後鑼聲響動，早轉出一隊步軍來。當先一個步軍頭領，是條黑大漢，手持雙板斧，直奔前來。那五百步軍就山坡下一字兒擺開。童貫領軍在前見了，便將大隊軍馬衝擊前去。那黑漢引步軍，倒提著蠻牌，踅過山腳便走。童貫大軍趕出山嘴，只見一派平川曠野之地，就把軍馬列成陣勢。遙望他們，度嶺穿林，都不見了。童貫中軍立起將台，令左招右展，一起一伏，擺作四門鬥底陣。陣勢才完，只聽得山後炮響，就後山飛出幾彪軍馬來。前面先鋒擺佈已定，只等敵軍到來相戰。童貫令左右攏住戰馬，自上將台看時，只見山東一路軍馬湧出來，前一隊軍馬紅旗，第二隊雜彩旗，第三隊青旗，第四隊又是雜彩旗；又見山西一路人馬也湧來，前一隊人馬是雜彩旗，第二隊白旗，第三隊是雜彩旗，第四隊皂旗。旗背後盡是黃旗。大隊軍將，急先湧來，佔住中央，裏面列成陣勢。遠觀未實，近睹分明。

正南上這隊人馬，盡都是火焰紅旗，紅甲紅袍，朱纓赤馬。前面一把引軍紅旗，上面金銷南斗六星，下繡朱雀之狀。那把旗招展動處，紅旗中湧出兩員大將，號旗上寫的分明：先鋒大將醜郡馬宣贊、井木犴郝思文。手搦刀槍，都騎赤馬，立於陣前。

東壁一隊人馬盡是青旗，青甲青袍，青纓青馬。前面一把引軍青旗，上面金銷東斗四星，下繡青龍之狀。那把旗招展動處，青旗中湧出一員大將，號旗上寫得分明：左軍大將大刀關勝。手搦青龍刀，騎青馬，立陣前。

西壁一隊人馬盡是白旗，白甲白袍，白纓白馬。前面一把引軍白旗，上面金銷西斗五星，下繡白虎之狀。那把旗招展動處，白旗中湧出一員大將，號旗上寫的分明：右軍大將豹子頭林沖。手搦蛇矛槍，騎白馬，立陣前。

後面一簇人馬盡是皂旗，黑甲黑袍，黑纓黑馬。前面一把引軍黑旗，上面金銷北斗七星，下繡玄武之狀。那把旗招展動處，黑旗中湧出一員大將，號旗上寫得分明：合後大將雙鞭呼延灼。手搦雙鞭，騎黑馬，立陣前。

東南方門旗影裏，一隊軍馬，青旗紅甲。前面一把引軍繡旗，上面金銷巽卦，下繡飛龍。那把旗招展動處，捧出一員大將，號旗上寫得分明：驃騎大將病尉遲孫立。持槍懸鞭，騎戰馬，立陣前。

西南方門旗影裏，一隊軍馬，紅旗白甲。前面一把引軍繡旗，上面金銷坤卦，下繡飛熊。那把旗招展動處，捧出一員大將，號旗上寫得分明：驃騎大將金槍手徐寧。手持金槍，騎戰馬，立陣前。

東北方門旗影裏，一隊軍馬，皂旗青甲。前面一把引軍繡旗，上面金銷艮卦，下繡飛豹。那把旗招展動處，捧出一員大將，號旗上寫得分明：驃騎大將九紋龍史進。手持大刀，騎戰馬，立陣前。

西北方門旗影裏，一隊軍馬，白旗黑甲。前面一把引軍旗，上面金銷乾卦，下繡飛虎。那把旗招展動處，捧出一員大將，號旗上寫得分明：驃騎大將青面獸楊志。手持長槍，騎戰馬，立陣前。

八方擺佈的鐵桶相似，陣門裏馬軍隨馬隊，步軍隨步隊，各持鋼刀大斧，闊劍長槍，旗幡齊整，隊伍威嚴。去那八陣中央，只見團團一遭都是杏黃旗，間著六十四面長腳旗，上面金銷六十四卦，亦分四門，都是馬軍。正南上黃旗影裏，捧出兩員上將，一般結束。那兩員首將都騎黃馬，上首是百勝將韓滔，下手是天目將彭玘。一遭人馬盡都是黃旗，黃袍銅甲，黃馬黃纓。那黃旗中間，立著那面杏黃旗，上書四個大字：替天行道。那簇黃旗後，便是一叢旋風炮架。架子後，一帶都擺著撓鉤套索，準備捉將的器械。撓鉤手後，又是一遭雜彩旗幡，團團便是七重圍子手，四面立著二十八面繡旗，上面銷金二十八宿星辰，中間立著一面堆絨繡就、真珠圈邊、腳綴金鈴、頂插雉尾、鵝黃帥字旗。去那帥字旗邊，排著三十六個鐵甲軍士，分掌方天畫戟、狼牙棍、鋼叉，守護著中軍。隨後兩匹錦鞍馬上，兩員文士，掌管定賞功罰罪的人。左手那一個乃是梁山泊掌文案的秀士聖手書生蕭讓。右手那一個便是梁山泊掌賞罰的豪傑鐵叫子樂和。背後兩邊擺著一十二枝銀槍、一十二把鉞斧、一十二對鞭撾。正中間一把銷金傘蓋，一匹繡鞍駿馬。馬前立著兩個英雄。左手那個壯士，端的是儀容濟楚，世上無雙。這個乃是梁山泊能行快走的頭領神行太保戴宗，手持鵝黃令字繡旗，專管大軍中往來飛報軍情、調兵遣將一應事務。右手那個對立的壯士，打扮得出眾超群，人中罕有。那個便是梁山泊風流子弟，能幹機密的頭領浪子燕青。背著強弩，插著利箭，手提著齊眉杆棒，專一護持中軍。那銷金大紅羅傘蓋底下、金鞍馬上，坐著那個有仁有義統軍大元帥。這個正是梁山泊主，濟州鄆城縣人氏，山東及時雨宋江宋公明。全身結束，坐騎金鞍白馬，立於陣前監戰，掌握中軍。馬後又設三十六枝畫角。中軍羽翼，左左後陣盡是馬步軍，陣後又設遊兵，伏於兩側，以為護持。那座陣勢，非同小可。明分八卦，暗合九宮。

樞密使童貫在陣中將臺上，定睛看了梁山泊兵馬，無移時擺成這個九宮八卦陣勢，軍馬豪傑，將士英雄，驚得魂飛魄散，心膽俱落，不住聲道：「可知但來此間收捕的官軍便大敗而回，原來如此利害！」看了半晌，只聽得宋江軍中催戰的鑼鼓不住聲發擂。童貫且下將台，騎上戰馬，再出前軍，來諸將中問道：「哪個敢廝殺的出去打話？」先鋒隊裏轉過一員猛將，挺身躍馬而出，就馬上欠身稟童貫道：「小將願往，乞取鈞旨。」看乃是鄭州都監畢勝，白袍銀甲，青馬絳纓，使一條鐵棒，見充副先鋒之職。童貫便教軍中金鼓旗下發三通擂，將臺上把紅旗招展兵馬。畢勝從門旗下飛馬出陣，兩軍一齊吶喊。畢勝兜住馬，橫著鐵棒，厲聲大叫：「無端草寇，背逆狂徒，天兵到此，尚不投降，直待骨肉為泥，悔之何及！」宋江正南陣中，先鋒頭領虎將宣贊，飛馬出陣，更不打話，舞起鋼刀直取畢勝。兩馬相交，兵器並舉，一個使刀的劈面砍來，一個使棍的當頭便打。四條臂膊交加，八隻馬蹄撩亂。二將來來往往，翻翻覆覆，鬥了二十餘合。宣贊賣個破綻，放畢勝趕將入來，一棍卻掃個空。宣贊趁勢手起刀落，正中咽喉。畢勝翻身死於馬下。東南方門旗裏，病尉遲孫立見宣贊得了頭功，在馬上尋思：「大軍已踏動銳氣，不就這裏搶將過去，捉了童貫，更待何時！」大叫一聲，如陣前起了霹靂，揮動鋼鞭，把馬一拍，直撞過陣來。童貫見了，勒回馬望中軍便走。西南方門旗裏，金槍手徐寧也叫道：「不就這裏捉了童貫，更待何時！」手挺金槍殺過陣來。中央宣贊、郝思文見了兩邊衝殺過去，也招動本隊紅旗軍馬，一齊搶入陣中，來捉童貫。

下卷

當日梁山陣中，三隊軍馬趕過對陣。大刀闊斧，殺得童貫三軍人馬，大敗虧輸，星落雲散，七損八傷。軍士抛金棄鼓，撇戟丟槍，覓子尋爺，呼兄喚弟，折了萬餘人馬，退三十里外紮住。宋江在陣中鳴金收軍，傳令道：「且未可盡情追殺，略報個信與他。」梁山泊人馬都收回山寨，各自獻功請賞。

童貫輸了一陣，折了人馬，早紮寨柵安歇下。心中憂悶，會集諸將商議。王煥、韓存保二將道：「樞相休憂！此寇知得官軍到來，預先擺佈下這座陣勢。官軍初到，不知虛實，因此中賊奸計。想此草寇，只是倚山為勢，多設軍馬，虛張聲勢。一時失了地利。我等且再整練馬步將士，停歇三日，養成銳氣，將息戰馬。三日後，將全部軍將分作長蛇之陣，俱是步軍殺將去。此陣如常山之蛇，擊首則尾應，擊尾則首應，擊中則首尾皆應，都要連絡不斷。決此一陣，必見大功。」童貫道：「此計大妙，正合吾意。」即時傳下將令，整肅三軍，訓練已定。

第三日五更做飯，軍將飽食。馬帶皮甲，人披鐵鎧，大刀闊斧，弓弩上弦。龍虎大將王煥、韓存保當先引軍，浩浩蕩蕩，殺奔梁山泊來。八路軍馬分於左右。前面發三百鐵甲哨馬，前去探路。回來報與童貫中軍知道，卻是：前日戰場上，並不見一個軍馬。童貫聽了心疑，自來前軍問王、韓二將道：「退兵如何？」韓存保答道：「恩相勿憂。諸將休生退心，只顧衝突將去。長蛇陣擺定，怕做甚麼？」官軍迤邐前行，直進到水泊邊，竟不見一個軍馬，但見隔水茫茫蕩蕩，都是蘆葦煙火。遠遠地遙望見水滸寨山頂上，一面杏黃旗在那裏招展，亦不見些動靜。童貫與韓存保、王煥勒馬在萬軍之前，遙望對岸。見山頂上那把黃旗，正在那裏磨動。童貫定睛看了，不解何意。眾將也沒做道理處。韓存保道：「把三百鐵甲哨馬分作兩隊，教去兩邊山後出哨，看是如何？」卻才分到山前，只聽得蘆葦中一個轟天雷炮飛起，火煙撩亂。兩邊哨馬齊回來報，卻是有伏兵到了！童貫在馬上，那一驚不小！韓存保、王煥兩邊差人教軍士休要亂動，數十萬軍都掣刀在手。韓存保吩咐道：「如有先走的，便斬！」按住三軍人馬。童貫且與眾將立馬觀望。

那山背後，鼓聲震地，喊殺喧天，早飛出一彪軍馬，一隊黑旗、一隊白旗，先有兩員驍將領兵，上首豹子頭林沖，下首雙鞭呼延灼，帶領五千人馬，直殺奔官軍。童貫急令迎敵。

兩軍射住陣腳，兩邊拒定人馬。只見王煥出陣，使一條長槍，在馬上厲聲高叫：「無端草寇，敢死村夫，認得大將王煥麼？」對陣繡旗開處，早有一將，挺槍出陣，卻是林沖，來戰王煥。兩馬相交，眾軍助喊。兩個施逞諸路槍法，大戰約有七八十合，不分勝敗。雙方兵將在陣前，勒住馬都看呆了。久戰不下，各自鳴金，二將分開，各歸本陣。

韓存保與呼延灼兩個，同時縱馬而出。這韓存保善使一枝方天畫戟。兩個在陣前，更不打話，一個使戟去搠，一個用鞭來迎。兩個戰到五十餘合，呼延灼賣個破綻，閃出去，拍著馬，望山坡下便走。韓存保緊要幹功，跑著馬趕來，王煥叫他不及。八個馬蹄翻盞撒鈸相似，約趕過五七里無人之處，看看趕上，呼延灼勒回馬，起雙鞭來迎。兩個又十數合之上，用雙鞭分開畫戟，回馬又走。韓存保尋思：「這廝又贏不得我，我不就這裏趕上，活拿這賊，更待何時！」搶將近來，趕轉一個山嘴，有兩條路，竟不知呼延灼何處去了。韓存保勒馬上坡來望時，只見呼延灼順著一條溪走。韓存保大叫：「潑賊，你走哪裏去！快下馬來受降，饒你一命！」呼延灼不走，立馬大罵。韓存保卻大寬轉來抄呼延灼後路。兩個卻好在溪邊相迎著。一邊是山，一邊是溪，只中間一條路，兩匹馬盤旋不得。呼延灼道：「你不降我，更待何時！」韓存保道：「你是我手裏敗將，倒要我降你。」呼延灼道：「我漏你到這裏，正要活捉你。你性命只在頃刻！」韓存保道：「我正來活捉你！」兩個舊氣又起。呼延灼懸起雙鞭，摘下單槍。韓存保挺著長戟，望呼延灼前心兩脅軟肚上，兩點般搠將來。呼延灼用槍左撥右逼，旋風般搠入來。兩個又戰了三十來合。正到濃深處，韓存保一戟，望呼延灼軟脅搠來，呼延灼一槍，望韓存保前心刺去。兩個各把身軀一閃，兩般軍器，都從脅下搠來。呼延灼挾住韓存保戟杆，韓存保扭住呼延灼槍桿；兩個都在馬上，你扯我拽，挾住腰胯，用力相爭。韓存保的馬，後蹄先塌下溪裏去了，呼延灼連人和馬，也拽下溪裏去了。兩個在水中扭做一塊。那兩匹馬濺起水來，一人一身水。呼延灼棄了手裏的槍，挾住他的戟杆，急去掣鞭時，韓存保也撇了他的槍桿，雙手按住呼延灼兩條臂；你掀我扯，兩個都滾下水去。那兩匹馬迸星也似跑上岸來，望山邊去了。兩個在溪水中都滾沒了軍器，頭上戴的盔沒了，身上衣甲飄零，兩個只把空拳來在水中廝打，一遞一拳，正在水深裏，又拖上淺水裏來。正解拆不開，岸上一彪軍馬趕到，為頭的是韓滔、彭玘。眾人下手，活捉了韓存保。差人急去尋那走了的兩匹戰馬，只見那馬卻聽得馬嘶人喊，也跑回來尋隊，因此收住。又去溪中撈起軍器，還呼延灼，帶濕上馬，卻把韓存保背剪縛在馬上，一齊都奔回陣前。

王煥見了，大喝一聲，飛馬輪刀來搶韓存保。林沖又在陣前截住廝殺。鬥到間深裏，只見林沖賣個破綻，撥回馬頭，望本陣便走。王煥不捨，拍馬追將過去。對陣軍發聲喊，望山後便走。童貫叫盡力追趕過山腳去。只聽得山頂上畫角齊鳴。眾軍抬頭看時，前後兩個旋風炮直飛起來。童貫知有伏兵，把軍馬約住，教不要去趕。

只見山頂上閃出那把杏黃旗來，上面繡著四字：替天行道。童貫踅過山那邊看時，見山頭上一簇雜采繡旗開處，顯出那個鄆城縣蓋世英雄宋江來。背後便是梁山眾多好漢。童貫見了大怒，便差人馬上山來拿宋江。大軍人馬分為兩路，卻待上山。只聽得山頂上鼓樂喧天，眾好漢都笑。童貫越添心上怒，咬碎口中牙，喝道：「這賊怎敢戲吾！我當自擒這廝。」王煥諫道：「樞相，彼必有計，不可親臨險地。且請回軍，來日卻再打聽虛實，方可進兵。」童貫道：「胡說！事已到這裏，豈可退軍！教星夜與賊交鋒，今已見賊，勢不容退。」語猶未絕，只聽得後軍吶喊。探子報道：「正西山後，衝出一彪軍來，把後軍殺開做兩處。」童貫大驚，帶了王煥，急回來救應後軍時，東邊山後鼓聲響處，又早飛出一隊人馬來，青旗下，捧著一員大將，引五千軍馬殺將來，乃是大刀關勝。在馬上大喝道：「童貫早納下首級！」童貫大怒，便差王煥去鬥關勝。童貫見後軍發喊甚緊，又教鳴金收軍，且休戀戰，延便且退。韓滔、彭玘引軍又殺將來，兩下裏夾攻，童貫軍兵大亂。王煥保護著童貫，逃命而走。

正行之間，刺斜裏又飛出一彪人馬來，接住了廝殺。那隊軍馬，一半是白旗，一半是黑旗。黑白旗中，也捧著兩員虎將，引五千軍馬，攔住去路。卻是呼延灼與林沖殺將回來。韓存保已綁送山寨裏去了。二將在馬上大喝道：「奸臣童貫，待走哪裏去？早來受死！」一衝直殺入軍中來。那睢州都監段鵬舉接住呼延灼交戰，海州都監馬萬里接著林沖廝殺。這馬萬里與林沖鬥不到數合，氣力不加。卻待要走，被林沖大喝一聲，慌了手腳，著了一矛，戳在馬下。段鵬舉看見馬萬里被林沖搠死，無心戀戰，隔過呼延灼雙鞭，霍地撥回馬便走。呼延灼奮勇趕將入來。兩軍混戰。童貫只教奪路且回。只聽得前軍喊聲大舉，山背後飛出一彪步軍，直殺入垓心裏來。當先一僧，領著軍兵，大叫道：「休教走了童貫！」那和尚不修經懺，專好殺人，單號花和尚，雙名魯智深。魯智深一條禪杖，殺入陣來。童貫眾軍被魯智深引領步軍一衝，早四分五落。官軍人馬前無去路，後沒退兵，只得引王煥撞透重圍，殺條血路，奔過山背後來。又得登州都監瓊納延、鄧州都監寇鎮遠，並力殺出垓心。方才進步，喘息未定，只見前面塵起，叫殺連天。綠茸茸林子裏，又早飛出一彪人馬，攔住去路。當先兩員猛將：九紋龍史進、病尉遲孫立，兩個更不打話，飛馬直取童貫。那個瓊納延，橫槍躍馬，擋在童樞密身前。當下史進提刀躍馬，出來交戰。戰馬相交，軍器並舉。王煥聽得史進報了名姓，與童樞密道：「這個便是王進的徒弟。」童貫道：「原來是那惡了高太尉的。」二將鬥到三十餘合，史進一刀卻砍個空，吃了一驚，撥回馬望本陣便走。瓊都監縱馬趕來。那孫立在陣中，見輸了史進，便從腰間錦袋中拈起石子，把馬挨出陣前，覷得來馬較近，颼的只一飛石，正中瓊都監面門，翻身落馬。原來這孫立，祖是瓊州人氏，軍官子孫，調來登州駐紮。射得硬弓，騎得劣馬，使一管長槍，腕上懸一條虎眼竹節鋼鞭，因他淡黃面皮，人送他綽號「病尉遲」。又善會飛石打人，百發百中，人又呼為石頭孫立。瓊州又登州，海邊人見了，皆望風而降。為救遭陷入獄的妻弟樂和，棄官奔上梁山。那瓊納延方得補任。這史進聽得背後墜馬，霍地回身，復上一刀，結果了瓊納延。

那寇鎮遠望見砍了瓊都監，怒從心起，躍馬提槍，高聲大罵：「賊將怎敢暗算吾兄！」話猶未了，病尉遲孫立飛馬直出，逕來奔寇鎮遠。軍中戰鼓喧天，耳畔喊聲不絕。那孫立的長槍，神出鬼沒。寇都監鬥不過二十餘合，勒回馬便走；不敢回陣，恐怕撞動了陣腳，繞陣東北而走。孫立正要建功，哪裏肯放，縱馬趕去。寇都監去得遠了，孫立在馬上帶住槍，左手拈弓，右手取箭，搭上箭，拽滿弓，覷看寇鎮遠後心較親，只一箭，那寇都監聽的弓弦響，把身一倒，那枝箭卻好射到，順手只一綽，綽了那枝箭。孫立見了，暗暗地喝采。寇鎮遠冷笑道：「這廝賣弄弓箭！」便把那枝箭咬在口裏，自把槍帶在了事環上，急把左手取出硬弓，右手就取那枝箭，搭上弦，扭過身來，望孫立前心窩裏一箭射來。孫立早已偷眼見了，在馬上左來右去。那枝箭到胸前，把身望後便倒，那枝箭從身上飛過去了。這馬收勒不住，只顧跑來。寇都監把弓穿在臂上扭回身，且看孫立倒在馬上，想道：「必是中了！」原來孫立兩腿有力，夾住寶鐙，倒在馬上，故作如此，卻不墜下馬來。寇鎮遠勒轉馬，要來捉孫立。兩個馬頭，卻好相迎著，隔不的丈尺來去，孫立卻跳將起來，大喝一聲。寇都監吃了一驚，便回道：「你只躲得我箭，須躲不得我槍。」望孫立胸前，盡力一槍搠來，孫立挺起胸脯，受他一槍。槍尖到甲，略側一側，那槍從肋窩裏放將過去。那寇鎮遠卻撲入懷裏來。孫立就手提起腕上虎眼鋼鞭，向那寇都監腦袋上飛將下來，削去了半個天靈骨。那寇鎮遠做了半世軍官，死於孫立之手，屍骸落於馬前。

王煥大驚，死保童貫，奔馬逃命。四下裏金鼓亂響，正不知何處軍來。童貫攏馬上坡看時，四面八方，梁山泊軍馬大隊齊齊殺來。童貫軍馬如風落雲散，東零西亂。正看之間，山坡下一簇人馬出來，認的旗號是陳州都監吳秉彝，許州都監李明。這兩個引著些斷槍折戟，敗殘軍馬，看見招呼時，急調人馬，正欲上坡。又見山側喊聲起來，飛過一彪人馬趕出，兩把認旗招展，馬上兩員猛將，各執兵器，飛奔官軍。這兩員猛將，一個楊志、一個史進。兩騎馬，兩口刀，卻好截住吳秉彝、李明兩個軍官廝殺。李明挺槍向前來鬥楊志，吳秉彝使方天戟來戰史進。兩對兒在山坡下一來一往，盤盤旋旋，各逞平生武藝。童貫在山坡上勒住馬，觀之不定。四個人約鬥到三十餘合，吳秉彝用戟奔史進心坎上戳將來，史進只一閃，那枝戟從肋窩裏放個過。吳秉彝連人和馬搶近前來，被史進手起刀落，只見一條血顙光連肉，頓落金盔在馬邊，吳秉彝死於坡下。李明見先折了一個，卻待也要撥回馬走時，被楊志大喝一聲，驚得魂消魄散，膽顫心寒，手中那條槍，不知顛倒。楊志把那口刀從頂門上劈將下來。李明只一閃，那刀正剁著馬的後胯下。那馬後蹄陷將下去，把李明閃下馬來。棄了手中槍，卻待奔走。這楊志手快，隨復一刀，砍個正著。可憐李明半世軍官，化作南柯一夢。兩員官將皆死於坡下。楊志、史進追殺敗軍，正如砍瓜截瓠相似。

童貫和王煥在山坡上看了，不敢下來，身無所措。兩個商量道：「似此如何殺得出去？」王煥道：「樞相且寬心，小將望見正南上，尚兀自有大隊官軍紮住在那裏。旗幡不倒，可以解救。眾將保守樞相在山頭，我去殺開條路，取那枝軍馬來保護樞相出去。」童貫道：「天色將晚，你可善覷方便，疾去早來。」王煥提槍，飛馬殺下山來，衝開條路，直到南邊。看那隊軍馬時，卻是于州都監文君，把軍兵團團擺定，死命抵住。垓心裏看見那王煥來，便接入陣內，問：「樞相在哪裏？」王煥道：「只在前面山坡上，專等你這枝軍馬去救護殺出來；事不宜遲，火速便起。」文君聽說罷，便教傳令，馬步軍兵都要相顧，休失隊伍，齊心並力。二員大將當先，眾軍助喊，殺奔山坡邊來。行不到一箭之地，刺斜裏一枝軍到。王煥舞刀徑出迎敵，認得是睢州都監段鵬舉，三個都相見了，合兵一處殺到山坡下，都上去見了童貫，一處商議道：「今晚便殺出去好，卻捱到來朝去好？」王煥道：「我三人死保樞相，則就今晚殺透重圍出去，可脫賊寇。」看看近夜，只聽得四邊喊聲不絕，金鼓亂鳴。約有二更時候，星月光亮，王煥當先，眾軍官簇擁童貫在中間，一齊並力殺下山坡來。只聽得四下裏亂叫道：「不要走了童貫！」眾官軍只望正南路衝殺過來。看看混戰到四更左右，殺出垓心。

童貫在馬上，以手加額，頂禮天地神明道：「慚愧！脱得這場大難！」催趕出界，奔濟州去。卻才歡喜未盡，只見前面山坡邊一帶，火把不計其數。背後喊聲又起。

王煥和文君、段鵬舉，捨命保童貫，衝殺攔路軍兵，且戰且走。背後追兵又趕來。童貫敗軍忙忙似喪家之犬，急急如漏網之魚。天曉脱得追兵，望濟州來。正走之間，前面山坡背後，又衝出一隊步軍來，當先的正是那日哨探黑大漢，持兩把大斧，乃是梁山步軍頭領李逵。這李逵輪兩把板斧，從地皮上滾將來，殺得官軍四分五落而走。童貫與眾將且戰且走，只逃性命。李逵直砍入馬軍隊裏，把段鵬舉馬腳砍翻，掀將下來，就勢一斧，劈開腦袋，再復一斧，砍斷咽喉，眼見得段鵬舉不活了。敗殘官軍將次捱到濟州，真乃是頭盔斜掩耳，護項半兜腮。馬步三軍沒了氣力，人困馬乏。童貫止和王煥、文君逃命，不敢入濟州，引了敗殘軍馬，連夜投東京去了。於路收拾逃難軍馬下寨。

原來宋江有仁有德，素懷歸順之心，不肯盡情追殺。惟恐眾將不捨，要追童貫，火急差戴宗傳下將令，佈告眾頭領，收拾各路軍馬步卒，都回山寨請功。各處鳴金收軍而回。鞍上將都敲金鐙，步下卒齊唱凱歌，紛紛盡入梁山泊，個個同回宛子城。宋江先到水滸寨中忠義堂上坐下，驗看各人功賞。把韓存保，解上寨來，跪在堂前。宋江自解其縛，請入堂內上坐，親自捧杯陪話，奉酒壓驚。眾頭領都到堂上。是日殺牛宰馬，重賞三軍。留韓存保住了兩日，備辦鞍馬，送下山去。韓存保大喜。宋江陪話道：「將軍，陣前陣後冒瀆威嚴，切乞恕罪！宋江等本無異心，只要歸順朝廷，與國家出力。被至不公不法之人，逼得如此。望將軍回朝，善言解救。倘得他日重見恩光，生死不忘大德。」韓存保拜謝不殺之恩，登程下山。宋江令人直送出界。

樞密使童貫沿路收聚得敗殘軍馬，比到東京，於路教眾多管軍的頭領，各自部領所屬軍馬，回營寨去了，只帶御營軍馬入城來。童貫卸了戎裝衣甲，徑投高太尉府中去商議。兩個見了，各敘禮罷，請入後堂深處坐定。童貫把大折兩陣，結果了八路軍兵，並七個都監，韓存保又被活捉去了，似此如之奈何，一一都告訴了。高太尉道：「樞相不要煩惱，這件事只瞞了今上天子便了，誰敢胡奏！我和你去告稟太師，再作個道理。」

結子

蔡京等臣，齊呈《畫譜》，皇帝親閱。是按畫科分，為：道釋、人物、宮室、番族、龍魚、山水、畜獸、花鳥、墨竹、蔬果，共十門。

那顧愷之、閻立本、吳道玄、張素卿，齊齊收錄在列。皇帝點頭不已。小王都太尉畫工甚精，今御府所藏三十有五，尤以《江山漁樂圖》、《江山平遠圖》、《千里江山圖》為精，遂一一錄入。

捧卷閱畢，道君皇帝問道：「何故童樞密未入卷？」蔡太師心中早有計較，聞言上前一步，奏道：「樞密此番剿捕梁山賊寇，未得全殲，有負聖恩。心下不安，自請不錄。」皇帝直視蔡太師並群臣道：「凡全力向前，與國家有貢獻者，朕自會記錄之。」群臣齊齊跪伏階下，山呼萬歲。

是夜，蔡、童、高、楊四個歡聚。童貫聞得己作入卷，欣喜之餘，突地一身冷汗。蔡京緩緩道：「今上，真天子也！」

不幾日，《畫譜》成。樞官使童貫有《窠石》四幅，與歷朝名師同入卷。其作緊隨王都尉後，共列「山水」卷。

宣和書譜

第三卷天書

第一回：帝·篆·隸

梁山泊好漢，全夥受招安。

是日，天子特命百官計議封爵。太師蔡京、樞密使童貫商議奏道：「目今天下尚未靜平，不可升遷。且加宋江為保義郎，其餘眾人加封為正、偏將軍，支給金銀，賞賜三軍人等。」天子准奏。童貫與太尉高俅、楊戩商議一番，令梁山軍於城外行營安歇，聽候朝廷委用。

宋江諸將，自此之後，無事也不入城。看看上元節至，東京年例，大張燈火，慶賞元宵，諸路盡做燈火，於各衙門點放。且說宋江營內，有那燕青自與樂和商議：「如為東京點放花燈火戲，慶賞豐年，今上天子，與民同樂。我兩個更換些衣服，潛地入城，看了便回。」只見有人說道：「你們看燈，也帶挈我則個！」燕青看見，卻是李逵。李逵道：「你們瞞看我，商量看燈，我已聽了多時。」燕青道：「和你去不打緊，只你性子不好，必要惹出事來。現今樞密院出榜，禁治我們，不許入城。倘若和你入城去看燈，惹出事端，正中了他計。」李逵道：「我今番再不惹事便了，都依著你行！」燕青道：「明日換了衣巾，都打扮做客人相似，和你入城去。」李逵大喜。

次日都打扮做客人，同入城去。不期樂和懼怕李逵，與蕭讓先入城去了。燕青脫不開，只得和李逵入城看燈，不敢從陳橋門入去，大寬轉卻從封丘門入城。兩個手挽著，正投桑家瓦來。來到瓦子前，聽的勾欄內鑼響，李逵定要入去，燕青不許。李逵道：「你莫不是又要去見那李師師？」

原來，此番梁山全夥受招安，卻是去歲元宵夜後，燕青再入東京來，托李師師在道君皇帝枕側進言。又有那原在殿帥府任牌頭，今於林沖帳下的侯偉，有族親侯蒙，除同知樞密院，因與太師蔡京不協，被調離東京，補知東平府。林沖向宋江詳言此事。宋江即命神行太保戴宗與侯偉兩個，捧厚禮拜求侯蒙進言。又有三朝老臣韓忠彥，此時致仕還鄉。皇帝聽了李師師、侯蒙言語，正自不決，遂問其意。老臣心知當下內憂外患，國家用人之際。更兼侄兒韓存保向其詳述宋江一夥忠心。拜別之際，對天子道：「四海之內，莫非王臣。」皇帝心意遂決，命濟州知府張叔夜奉旨招安。蔡京、童貫、高俅、楊戩四個，心內不快，無可奈何。

這燕青怕李逵胡亂言語，只得和他挨在人叢裏，聽的上面說平話，正說到漢末三分義勇武安王關雲長刮骨療毒。當時有雲長左臂中箭，箭毒入骨。要割開皮肉，去骨三分，除卻箭毒。雲長邊弈棋，邊刮骨取毒，面不改色，談笑自若。燕青道：「這正說到的是大刀關勝祖上。」李逵聽了，在人叢中高叫道：「這個正是好男子！」眾人失驚，都看李逵，燕青慌忙攔道：「李大哥，你怎地好村！勾欄瓦舍，如何使得大驚小怪這等叫！」李逵道：「說到這裏，不由人喝采！」燕青拖了李逵便走。

兩個離了桑家瓦，轉過串道，只見一個漢子飛磚擲瓦，去打一戶人家。口中不住道：「劉冬莉，你倒言語，嫁我不嫁？」李逵路見不平，斷喝道：「劉家女兒不肯嫁你，你敢用強，正是找死。」便要去打。燕青務死抱住，李逵睜著雙眼，要和他打的意思。那漢子便道：「俺自和她有姻緣，干你甚事？即日要跟張招討下江南出征去，你休惹我。到那裏去也是死，要打便和你打，死在這裏，也得一口好棺材。」燕青且勸開了鬧，攔在李逵向前道：「你姓甚名誰？何故如此說？」那漢看了燕青道：「我姓閆，名曉飛，是個軍漢。客人原來不知。如今江南草寇方臘因花石綱反了，佔了八州，從睦州起，直至潤州，自號為一國。因此朝廷已差下張叔夜赴京為招討去捕，不日出師。」李逵道：「卻是甚麼下江南？不曾聽的點兵調將。」燕青急接口道：「你既出征，就當一刀一槍搏出功名來，迎娶劉氏女。」那閆曉飛連叫慚愧，轉身去了。

燕青慌忙挽著李逵，轉出串道，離了小巷，逕奔出城，回到營中，來見宋江，報知此事。宋江見說，心中大喜，道：「我等諸將軍馬，閒居在此，甚是不宜；張招討與我等有舊，不若親去告知，令其於天子前保奏，我等情願起兵，前去征進。」當時會集諸將商議，盡皆歡喜。

次日，宋江換了衣服，帶領燕青，逕入城中。正值招討議事，聞知忙教請進。宋江來到堂上，再拜起居。張招討道：「將軍何事，更衣而來？」宋江稟道：「近因樞密院出榜，但凡出征官軍，非奉呼喚，不敢擅自入城。今日小將私步至此，上告招討。聽的江南方臘造反，佔據州郡，擅改年號，侵至潤州，早晚渡江來犯。宋江等人馬久閒，在此屯紮不宜。某等情願部領兵馬，前去征剿。盡忠報國，望於天子前提奏則個！」張招討聽了大喜道：「將軍之言，正合吾意。下官當以一力保奏。將軍請回，來早張某具本奏聞，天子必當重用。」宋江辭了張叔夜，自回營寨，與眾兄弟說知。

次日早朝，天子在披香殿與百官文武計事。張叔夜越班奏曰：「臣奉詔征南，業已準備停當。臣保舉宋江軍馬為前部，可去除寇，必幹大功。」天子恰得侯蒙上書，言江南方臘作亂，佔據八州二十五縣，改年建號，如此作反，自霸稱尊。可使宋江討方臘已自贖。此時聞奏，心內大喜。以目視童貫道：「樞密，如此妥否？」童貫本是不忿，但知平亂乃是職責所在，那方臘兵強馬壯，正好借此消折梁山泊勢力。遂朗聲道：「臣亦有此意。」蔡京有心洗大名府、江州之辱，高俅有意雪高唐州、鄆城之仇，對視一眼，齊齊保奏。天子遂封宋江為征討方臘正先鋒，賜金帶一條，錦袍一領，金甲一副，名馬一騎，彩緞二十五表里；其餘正偏將佐，各賜緞疋銀両，待有功次，照名升賞，加受官爵；三軍頭目，給賜銀両：都就於內務府關支，定限目下出師起行。

次日，宋江調撥兵馬，教眾將安置家眷，收拾起程。只見解闖前來辭行，他原是太師府府幹，今番得蔡太師命，召其仍回府任用。又聽軍中有一蕭讓，習得篆書、隸書並諸般，會寫如今天下盛行的諸家字體，又會寫得歷代帝王筆跡，以假亂真，人都喚他做「聖手書生」，遂來索取，要他代筆。卻是道君皇帝要著錄御府所藏歷代法書墨蹟，蔡太師奉命主持編纂，錄前朝周世宗、當朝蔡太師等諸家法貼，時為宣和，是為《宣和書譜》。宋江聞聽，不得不放蕭讓前去。這蕭讓本是落科舉子、在鄉間開私塾，被官司迫得流落江湖、逼上梁山。

又次日，王都尉自來問宋江求要樂和，樂和善能歌唱，喚做「鐵叫子」，小王都太尉要他府裏使令。宋江只得依允，隨即又望送了二人去訖。

宋江自此去了幾個弟兄，心中好生鬱鬱不樂。宋江當下催趲三軍，取陳橋驛大路而進。

那徽宗天子傳下聖旨，教殿帥府差官，就陳橋驛與宋江先鋒犒勞三軍，每名軍士酒一瓶，肉一斤，對眾關支。高太尉得了聖旨，命人整頓酒肉，差一廂官前去給散。這廂官姓姜名哲，平日貪濫無厭，徇私作弊慣了的，是那等讒佞之徒，貪愛賄賂的人。又知太尉素與梁山不睦，遂將御賜的官酒，每瓶克減只有半瓶，肉一斤，克減六両。前隊軍馬，盡行給散過了；後軍散到一隊皂軍之中，都是頭上黑盔，身披玄甲，卻是插翅虎雷橫所管的步刀手。

那軍漢中一個軍校，接得酒肉過來看時，酒只半瓶，肉只十両，指著廂官罵道：「都是你這等好利之徒，壞了朝廷恩賞！」姜哲喝道：「我怎的是好利之徒？」那軍校道：「皇帝賜俺一瓶酒，一斤肉，你都克減了。不是我們爭嘴，堪恨你這廝們無道理，佛面上去刮金！」姜哲罵道：「你這大膽，剮不盡，殺不絕的賊！梁山泊反性，尚不改！」軍校大怒，把這酒和肉，劈臉都打將去。姜哲喝道：「捉下這個潑賊！」那軍校就身邊掣出刀來。姜哲指著手大罵道：「醃臢草寇，拔刀敢殺誰？」軍校道：「俺在梁山泊時，強似你的好漢，被我殺了萬千。量你這等賊官，直些甚鳥？」姜哲喝道：「你敢殺我？」那軍校走入一步，手起一刀飛去，正中他臉上，剁著撲地倒了。眾人發聲喊，都走了。那軍校又趕將入來，再剁了幾刀，眼見的不能夠活了。眾軍漢簇住了不行。

當下雷橫飛報宋江。宋江聽得大驚，道：「樞官院甚是不喜我等，今又做得這件事來，正中了他的機會。」一面叫戴宗申覆樞密院，勒兵聽罪。一面叫來燕青，道：「你悄悄進城，備細告知張招討。煩他預先奏知委屈，令他等讒害不得，方保無事。」燕青道：「童貫、高俅，本不見容張招討，若此際招討申奏，豈不落人口實。」宋江聞聽，驚出一身冷汗。恰有宣贊來報，要與郡王辭行。宋江、燕青兩個，見之皆喜。三個計議定了，宣贊飛馬去了。

宋江急急親到陳橋驛邊。那軍校立在死屍邊不動。宋江自令人於館驛內，搬出酒肉，賞勞三軍，都教進前；卻喚這軍校直到館驛中，問其情節。那軍校答道：「他千梁山泊反賊，萬梁山泊反賊，罵俺們殺剮不盡，因此一時性起，殺了他，專待將軍聽罪。」宋江道：「他是朝廷命官，我兀自懼他，你如何便把他來殺了！須是要連累我等眾人！俺如今方始奉詔去征方臘，未曾見尺寸之功，倒做了這等的勾當，如之奈何？」那軍校叩首伏死。

宋江哭道：「我自從上梁山泊以來，大小兄弟，不曾壞了一個。今日一身入官所管，寸步也由我不得。雖是你強氣未滅，使不得舊時性格。」這軍校道：「小人只是伏死。這是宋太祖兵變周世宗之地，人小死而無憾！」宋江聞他言語，不禁唏噓不已。便問他姓名。那軍校姓李，名秀俠。宋江嘆道：「真個俠者，以武犯禁也。」令那軍校痛飲一醉，教他樹下縊死，卻斬頭來號令；將廂官姜哲屍首，備棺槨盛貯。

當晚，郡王將上項事務，奏知天子。次日，皇上於文德殿設朝。太尉楊戩昨晚已與童貫、高俅計議了，此時出班奏道：「新降將宋江部下兵卒，殺死樞密院差去監散酒肉命官一員，乞聖旨拿問。」天子喝道：「寡人已自差人暗行體察，深知備細，爾等尚自巧言令色，對朕支吾！寡人御賜之酒，一瓶克減半瓶，賜肉一斤，只有十兩，以致壯士一怒，目前流血！」楊戩立時噤聲。童貫、高俅急道：「臣等立時徹查。」天子喝問：「正犯安在？」張叔夜奏道：「宋江已自將本犯斬首號令示眾，申呈本院，勒兵聽罪。」天子道：「他既斬了正犯軍士，宋江禁治不嚴之罪，權且紀錄，待征南回日，量功理會。」當時傳旨，催督宋江起程，所殺軍校，就於陳橋驛梟首示眾。

宋江正在陳橋驛勒兵聽罪，只見旨意，叩首謝恩已畢，將軍校首級，掛於陳橋驛號令，將屍埋了。眾好漢大哭一場，垂淚上馬，提兵望南而進。宋江心中泣血，暗道：「此為帝王起事之地，奸臣亦敢張膽賺我，真勘宋江小吏無能。」

第二回：正

潤州。

梁山軍征南第一座州郡。

卻是方臘手下呂師囊守把城郭。此人原是歙州富戶，因獻錢糧與方臘，官封為樞密使。幼年曾讀兵書戰策，慣使一條丈八蛇矛，武藝出眾。統領著五萬南兵，部下管領著八個統制官，名號「江南八仙」，協同守把潤州江岸。那八仙是：擎天仙沈剛、遁甲仙應明、六丁仙徐統、霹靂仙張近仁、太白仙趙毅、太歲仙高可立、吊客仙范疇、喪門仙沈抃。

此時先鋒使宋江兵馬戰船，水陸並進，已到揚州城外、揚子江邊，這大江搖盪蕩地無甚險阻。

當日宋先鋒在帳中，與眾將商議：「江南岸便是賊兵守把，誰人與我先去探路一遭，打聽隔江消息，可以進兵？」帳下轉過兩員戰將，皆云願往：前面一個是小旋風柴進，身後一個是金錢豹子湯隆。宋江道：「你二人作一路，打聽潤州賊巢虛實，前來回話。」

柴進和湯隆兩個，各帶把鋒快尖刀，提了樸刀，奔瓜洲來。此時正是初春天氣，日暖花香，到得揚子江邊，登高一望，淘淘雪浪，滾滾煙波，是好江景也！這柴進二人，望見北固山下，一帶都是青白二色旌旗，岸邊一字兒擺著許多船隻，江北岸上，一根木頭也無。柴進道：「瓜洲路上，雖有屋宇，並無人住，江上又無渡船，怎生得知隔江消息？」湯隆道：「看兄弟尋船過去對江金山腳下，打聽虛實。」柴進道：「也説得是。」當下奔到江邊，見一帶數間草房，盡皆關閉，推門不開。兩個再來江邊看了一回，望那江景時，見金山寺正在江心裏。湯隆心中思忖道：「潤州呂師囊，必然時常到這山上。我且今夜去走一遭，必知消息。」遂和柴進商量道：「如今來到這裏，一隻小船也沒，怎知隔江之事。我今夜要過金山寺去，討個虛實，大官人只在此間等候接應。」

是夜星月交輝，風恬浪靜，水天一色，黃昏時分，兩個好漢正待運作，只見岸邊叢中，突見一隻小船，正要搖櫓過江。柴進看了道：「這隻船來得蹺蹊，必有奸細！」湯隆飛身過去，縱到船邊，跳在船上。那船艙裏鑽出兩個人來，湯隆手起一刀，砍得一個下水去，那個嚇得倒入艙裏去。湯隆喝道：「你是甚人？哪裏來的船隻？實説，我便饒你！」那人道：「好漢聽稟：小人是此間揚州城外陳將士家幹人，使小人過潤州投拜呂樞密那裏獻糧准了，使個虞候和小人同回，索要白糧五萬石，船三百隻，作進奉之禮。」湯隆道：「那個虞候，姓甚名誰？是在哪裏？」幹人道：「虞候姓葉名貴，卻好漢砍下江裏去的便是。」湯隆道：「你卻姓甚？甚麼名字？幾時過去投拜？船裏有甚物件？」幹人道：「小人姓吳名成，今年正月初七日渡江。呂樞密直教小人去蘇州，見了御弟三大王方貌，關了號色旌旗三百面，並主入陳將士官誥，封做揚州知府，更有號衣一千領，及呂樞密劄付一道。」湯隆又問道：「你的主人，姓甚名字？有多少人馬？」吳成道：「人有數千，馬有百十餘匹。嫡親有兩個孩兒，長子陳益，次子陳泰。主人將士，叫做陳觀。」湯隆都問了備細來情去意，一刀也把吳成剁下水裏去了。柴進過來，去船艙裏，取出文書、號旗、號衣，做一擔打疊了。此時瓜洲岸邊，天色方曉，重霧罩地。湯隆把船砍漏，推開江裏去沉了，挑了擔子，與柴時逕回揚州來。

柴進、湯隆見了宋江，備說陳觀父子交結方臘，早晚誘引賊兵渡江，來打揚州。天幸遇見，教主帥成這件功勞。宋江聽了大喜，便請林沖、關勝、呼延灼等眾將商議。即時喚燕青，扮做葉虞候。教雷橫、湯隆扮做南軍，挑著擔子。燕青都領了備細言語，三個出揚州城來。

到得陳將士莊前，見門首眾莊客，都整整齊齊一般打扮，當下燕青改作浙人鄉談，上前道：「我等從潤州來。渡江錯走了路，半日盤旋，問得到此。」眾莊客見說，便帶燕青來見陳將士。燕青便下拜道：「葉貴就此參見！」拜罷，陳將士問道：「足下何處來？」燕青打浙音道：「回避閒人，方敢對相公說。」陳將士道：「這幾個都是我心腹人，但說不妨。」燕青道：「小人姓葉名貴，是呂樞密帳前虞候。正月初七日，接得吳成密書，樞密甚喜，特差葉貴送吳成到蘇州，見御弟三大王，備說相公之意。三大王使人啟奏，降下官誥，就封相公為揚州知府。兩位直閣舍人，待呂樞密相見了時，再定官爵。今欲使令吳成回程，誰想感冒風寒病症，不能動止。樞密怕誤了大事，特差葉貴送到相公官誥，並樞密文書，關防，牌面，號旗三百面，號衣一千領，克日定時，要相公糧食船隻，前赴潤州江岸交割。」便取官誥文書，遞與陳將士看了，大喜，忙擺香案，望南謝恩已了，便喚陳益、陳泰出來相見。燕青叫雷橫、湯隆取出號衣號旗，入後廳交付；陳將士便邀燕青請坐。燕青道：「小人是個走卒，相公處如何敢坐？」陳將士道：「足下是那壁恩相差來的人，又與小官誥愁，怎敢輕慢？權坐無妨。」燕青再三謙讓了，遠遠地坐下。陳將士叫取酒來，把盞勸燕青，燕青推卻道：「小人天戒不飲酒。」待他把過三兩巡酒，兩個兒子都來與父親慶賀遞酒。酒行數巡，那陳將士口滑，浪聲道：「他日隨大王佔了東京，且要那李師師一用。」燕青聽了，便把眼使叫雷橫、湯隆行事。湯隆身邊取出不按君臣的藥，張人眼慢，放在酒壺裏。燕青便起身說道：「葉貴雖然不曾將酒過江，借相公酒果，權為上賀之意。」便斟一大鍾酒，上勸陳將士，滿飲此杯。隨即便勸陳益、陳泰兩個，各飲了一杯。當面有幾個心腹莊客，都被燕青勸了一杯。燕青那嘴一努，雷橫出來外面，尋了火種，身邊取出號旗號炮，就莊前放起。莊外已有史進率軍等候，只聽號炮響，前來策應。門前眾莊客，哪裏迎敵得住？燕青在堂裏，見一個個都倒了，身邊掣出短刀，和湯隆一齊動手，早都割下陳將士父子首級來。當下眾將，引軍馬圍住莊院，把陳將士一家老幼，盡皆殺了。四下看時，傍莊傍港，泊著三四百隻船，卻滿滿裝載糧米在內。眾將得了數目，飛報主將宋江。

宋江聽得殺了陳將士，便與張招討計議進兵。招討張叔夜坐鎮揚州，宋江部領大隊人馬，親到陳將士莊上。選三百隻快船，船上各插著方臘降來的旗號。著一千軍漢，各穿了號衣。那三百隻船內，埋伏二萬餘人。差雷橫扮做陳益，湯隆扮做陳泰，各坐一隻大船。其餘船分撥柴進、史進、李逵等眾將佐埋伏。次後宋江等，卻把戰船裝載馬匹，打著宋朝先鋒使宋江旗號，大小馬步將佐，一發載船渡江。

潤州北固山上，哨見對港三百來隻戰船，一齊出浦，船上卻插著護送衣糧先鋒紅旗號，南軍連忙報入行省裏來。呂樞密聚集八個統制官，都全副披掛，弓弩上弦，刀劍出鞘，帶領精兵，自來江邊觀看。見前面一百隻船，先傍岸攏來；船上望著兩個為頭的，前後簇擁著的一個個都是那彪形大漢。呂樞密下馬，坐在銀交椅上，八個統制官，兩行把住江岸。雷橫、湯隆見呂樞密在江岸上坐地，起身聲喏。一百隻船一字兒拋定了錨。背後那二百隻船，乘著順風，都到了；分開在兩下攏來，一百隻在左，一百隻在右，做三下均勻擺定了。

呂師囊差統制官太白仙趙毅下船來問道：「船從哪裏來？」雷橫答道：「小人姓陳名益、兄弟陳泰，父親陳觀特遣某等弟兄，獻納白米五萬石，船三百隻，精兵五千，來謝樞密恩相保奏之恩。」趙毅道：「前日樞密相公，使葉虞候去來，見在何處？」雷橫道：「虞候和吳成各染傷寒時疫，見在莊上養病，不能前來。今將關防文書，在此呈上。」趙毅接了文書，上江岸來稟覆呂樞密道：「揚州陳知府男陳益、陳泰，納糧獻兵，呈上原去關防文書在此。」呂樞密自身因獻錢糧封官，對此不疑，看時又果是原領公文，傳鈞旨，教喚二人上岸。

雷橫、湯隆上得岸來，躬身叉手，遠遠站立。半晌，趙毅方引二人過去參拜了，跪在面前。呂樞密道：「你父親陳觀，如何不自來？」雷橫稟道：「父親聽知是梁山泊宋江等領兵到來，誠恐賊人下鄉擾攪，在家支吾，未敢擅離。」呂樞密道：「你兩個哪個是兄？」雷橫道：「陳益是兄。」呂樞密道：「你弟兄兩個，曾習武藝麼？」雷橫道：「托賴恩相洪福，頗曾訓練。」呂樞密道：「你將來白糧，怎地裝載？」雷橫道：「大船裝糧三百石，小船裝糧一百石。」呂樞密探問道：「你兩個來到，恐有他意！」雷橫道：「小人父子，一片孝順之心，怎敢懷半點外意？」呂樞密心道：「吾觀他船上軍漢，模樣非常，不由人不疑。」便道：「你兩個隨將我來，進城歇息。其餘人等，靜待吩咐。」雷橫把眼看湯隆，只得隨同進城去了。

呂師囊叫人設宴管待陳家兄弟，又差人下船搜看，可有分外之物，搜到絕不輕恕。正自調撥間，城外已亂了。

原來那三百隻船上人，見半晌沒些動靜，都拿了刀，鑽上岸來。守江面南軍，攔當不住。李逵當先，便來搶城，守門官軍急出攔截，李逵掄起雙斧，一砍一剁，早殺翻兩個把門官軍。城邊發起喊來，眾將都一時發作，哪裏關得城門迭？李逵橫身在門底下，尋人砍殺。身後眾將，各持軍器，就殺起來。

呂樞密急使人傳令來，教牢守江面時，城門邊已自殺入城了。八個統制官，聽得城邊發喊，各提動軍馬時，史進、宣贊為首眾將早招起三百隻船內軍兵，脫了南軍的號衣，為首先上岸，船艙裏埋伏軍兵，一齊都殺上岸來。為首統制官沈剛、徐統兩路軍馬來保城門時，沈剛被史進一刀剁下馬去，徐統被郝思文刺斜裏一箭射倒。眾軍混殺，那六個統制官，都望城子裏退入去，保守家眷。雷橫、湯隆在城中聽得消息，便當堂放起火來。城裏火起。城裏四門，混戰良久，城上早豎起宋先鋒旗號。

那江北岸，早有數隻戰船傍岸，一齊牽上戰馬，眾將爭先登岸，都是全付披掛。為首乃關勝、林沖、呼延灼，部領二千軍馬，衝殺入城。此時呂樞密大敗，引著中傷人馬，逕奔丹徒縣去了。大軍奪得潤州，且教救滅了火，分撥把住四門，卻來江邊，迎接宋先鋒入城，預先出榜，安撫百姓，將佐都到中軍請功。史進獻沈剛首級，郝思文箭射死徐統。殺死將兵不計其數。

且喜得了江南第一個險隘州郡。亂軍中卻也折了梁山正偏將佐、大小軍校。宋江一面寫了申狀，報捷張招討。一面傳令，叫軍士就江岸，搭起祭儀，列了銀錢，祭祀奠酒。宋江泣道：「眾兄弟歸了正道，正當盡忠報國。卻被方臘折我正將，正當叫他血債血償。」

呂樞密折了大半人馬，引著六個統制官，退守丹徒縣，哪裏敢再進兵？中將告急文書，去蘇州報與三大王方貌求救。不想救兵未至，宋江軍兵已來取丹徒縣。五千軍馬，為首五員虎將：豹子頭林沖、大刀關勝、雙鞭呼延灼、金槍手徐寧、青面獸楊志。呂樞密無心再戰，棄了丹徒，引了六個統制官，領了傷殘軍馬，望常州府而走。這常州原有守城統制官錢振鵬，手下兩員副將：一個姓盛名匯；一個是錢振鵬心腹之人許定。錢振鵬原是清溪縣都頭出身，協助方臘，累得城池，升做常州制置使。聽得呂樞密失利，折了潤州，一路退回常州，隨即引盛匯、許定，開門迎接，請入州治，商議迎戰。

宋軍奪了縣治，報捷於宋先鋒知道，部領大隊軍兵，前進丹徒縣駐紮，賞勞三軍，飛報張招討，移兵鎮守潤州。

宋江道：「目今宣州、湖州，亦是賊寇方臘佔據，今分兵撥將，作兩路征進。」當下宋江分兵，親帶關勝並徐寧眾將收常、蘇二州，柴進帶林沖並呼延灼眾將打宣、湖二處。

卻惜楊志患病，不能征進，寄留丹徒。林沖、魯智深與楊志灑淚而別。單留楊志一人，回想半生，徒勞無功，不覺淚濕青面。

宋江亦垂淚，與眾將道：「此行凶險，各位兄弟千萬保重！」

常州。

及時雨宋江遣人馬急行至城下。

為頭正將一員關勝，部領徐寧、孫立、郝思文、宣贊、韓滔、彭玘眾將，引馬軍三千，搖旗擂鼓搦戰。

呂樞密看了道：「誰敢去退敵軍？」錢振鵬備了戰馬道：「錢某當效力向前。」呂樞密隨即撥六個統制官相助。七員將帶領五千人馬，開了城門，放下吊橋。錢振鵬使口潑風刀，騎一匹赤兔馬，當先出城。

關勝見了，把軍馬暫退一步，讓錢振鵬列成陣勢，六個統制官，分在兩下。對陣關勝當先立馬橫刀，厲聲高叫：「反賊聽著！汝等助一匹夫謀反，損害生靈，人神共怒！今日天兵臨境，尚不知死，敢來與我拒敵！我等不把你這賊徒誅盡殺絕，誓不回兵！」錢振鵬聽了大怒，罵道：「量你等一夥，是梁山泊草寇，不知天時，卻不思圖王霸業，倒去降無道昏君，要來和俺大國相拚。我今直殺的你片甲不回才罷！」關勝大怒，舞起青龍偃月刀，直衝將來；錢振鵬使動潑風刀，迎殺將去。兩員將殺，鬥了三十合之上，錢振鵬漸漸力怯，擋不住。

南軍門旗下，兩個統制官，上首趙毅，下首范疇，看見錢振鵬力怯，挺兩條槍，一齊出馬，前去夾攻。宋軍門旗下，惱犯了兩員戰將，一個舞動青鋼刀，一個使起虎眼鞭，搶出馬來，乃是醜郡馬宣贊、病尉遲孫立。六員將，三對兒在陣前廝殺。呂樞密在城上見了，急使許定、盛匯出城助戰。兩將得令，各持兵器，都上馬直到陣前，見趙毅戰宣贊、范疇戰孫立，卻也都是對手。戰到間深裏，趙毅、范疇漸折便宜；許定、盛匯各使一口大刀出陣。宋軍陣中韓滔、彭玘二將，雙出來迎。盛匯戰住韓滔、許定戰住彭玘，五對兒在陣前廝殺不休。

原來盛匯素有歸降大宋之心，故意要本隊陣亂，略戰數合，撥回馬望本陣先走。韓滔乘勢追將去。南軍陣上統制官高可立，看見盛匯被韓滔追趕得緊急，取雕弓，搭硬箭，滿滿地拽開，颼的一箭，把韓滔面頰上射著，倒撞下馬來。這裏徐寧、郝思文急把馬一拍，前來救時，早被那裏張近仁搶出來，咽喉上復一槍，結果了性命。

彭玘和韓滔是一正一副的兄弟，見他身死，急要報仇，撇了許定，直奔陣上，去尋高可立。許定趕來，卻得郝思文截住。高可立看見彭玘趕來，挺槍便迎。不提防張近仁從肋窩裏撞將出來，把彭玘一槍搠下馬去。關勝見損了二將，心中忿怒，使轉神威，只一刀，把錢振鵬剁於馬下。待要搶他那騎赤兔馬，不提防自己坐下赤兔馬，一腳前失，倒把關勝掀下馬來，南陣上高可立、張近仁兩騎馬便來搶關勝，卻得徐寧搶出，救得關勝回歸本陣。呂樞密大驅人馬，捲殺出城，梁山眾將失利，望北退走，錢振鵬那匹馬徑直隨關勝退去。南兵追趕二十餘里。

關勝引軍回見宋江，訴說折了韓滔、彭玘。宋江大哭道：「莫非皇天有怒，不容宋江收捕方臘，以致損兵折將？」眾人勸道：「輸贏勝敗，兵家常事。」只見帳前轉過李逵便說道：「著幾個認得殺俺兄弟的人，引我去殺那賊徒，替我兩個哥哥報仇！」宋江傳令，教來日打起一面白旗，我親自引眾將，直至城邊，與賊交鋒，決個勝負。次日，宋公明領起大隊人馬，水陸並進，船騎相迎，拔寨都起。李逵引著五百悍勇步軍，先來出哨，直到常州城下。

常州城中樞密使呂師囊見折了錢振鵬，心下甚憂，連發了三道飛報文書，去蘇州三大王方貌處求救，一面寫表申奏朝廷。聽得城下有條黑大漢帶著步軍打城，道：「誰敢與我先去拿他？」帳前轉過兩個得勝獲功的統制官高可立、張近仁。呂樞密道：「你兩個若拿得這黑賊，我當一力保奏，加官重賞。」

張、高二統制，各綽了槍上馬，帶領一千馬步兵，出城迎敵。李逵見了，便把五百步軍一字兒擺開，手執兩把板斧，立在陣前；二個統制官正是得勝狸貓強似虎，及時鵶鵲便欺雕，統著一千軍馬，靠城排開，見李逵是步戰，不把他放在眼中。

宋軍內有幾個探子，卻認得高可立、張近仁兩個，是殺韓滔、彭玘的，便指與李逵道：「這兩個領軍的，便是殺俺韓、彭二將軍的！」李逵聽了這說，也不打話，拿起兩把板斧，直搶過對陣去。高可立、張近仁吃了一驚，措手不及，急待回馬，那李逵早到高可立馬頷下，那高統制在馬上正望下搠時，李逵板斧先起，早砍翻高可立馬腳，高可立顛下馬來。那張近仁卻待來救，李逵早一斧砍下頭來。張近仁看呆了，未及回神，也被一斧剁了頭。李逵把高、張二統制的頭縛在腰裏，輪起兩把板斧，不問天地，橫身在裏面砍殺，殺得一千馬步軍，退入城去，也殺了三四百人，直到吊橋邊。李逵便要殺入城去，城上擂木炮石，早打下來，只得回到陣前，五百軍兵，依原一字擺開。塵頭起處，宋先鋒軍馬已到，李逵獻上首級，眾將認得是高可立、張近仁的頭，齊聲喝彩。宋江道：「既有仇人首級，可於白旗下，望空祭祀韓、彭二將。」宋江又哭了一場，放倒白旗，賞了李逵，便進兵到常州城下。

這呂樞密在城中心慌，便與盛匯、許定，並四個統制官，商議退兵之策。諸將見李逵等殺了這一陣，都膽顫心寒，不敢出戰。問了數聲，默默無言，無人敢應。呂樞密心內納悶，教人上城看時，宋江軍馬，三面圍住常州，盡在城下擂鼓搖旗，吶喊搦戰。呂樞密叫眾將，且各上城守護。眾將退去，呂樞密自在後堂尋思，無計可施，喚集親隨左右心腹人商量，自欲棄城逃走。

有那守將盛匯，原是宋朝舊官，正要去邪歸正，便思進身之計。

次日，宋江領兵攻城得緊，呂樞密聚眾商議，盛匯答道：「常州城池高廣，只宜守，不可敵。眾將且堅守，等待蘇州救兵來到，方可會合出戰。」呂樞密道：「此言極是！」分撥眾將：應明、趙毅守把東門；沈抃、范疇守把北門；盛匯守把西門；許定守把南門。調撥已定，各自領兵堅守。當晚盛匯寫了私書，拴在箭上，待夜深人靜，在城上望著西門外探路軍人射將下去。那軍校拾得箭矢，慌忙報入寨裏來。守西寨正將是魯智深，飛報大寨裏來。宋江看了大喜，便傳令教各寨中知會。

次日，各寨頭領，三面攻城。呂樞密在戰樓上，見宋江陣裏紮起炮架，卻放了一個旋風火炮，直飛起去，正打在敵樓角上，骨碌碌一聲響，平塌了半邊。呂樞密急走，救得性命下城來，催督四門守將，出城搦戰。擂了三通戰鼓，大開城門，放下吊橋，北門沈抃、范疇引軍出戰。宋軍中關勝舞大刀，坐下錢振鵬的赤兔馬，出於陣前，與范疇交戰。兩個正待相持，西門盛匯又引出一彪軍馬來叫戰，宋江陣上孫立出馬來迎。兩個交戰，不到三合，盛匯詐敗，撥轉馬頭便走。孫立當先，魯智深等一發進兵。盛匯便退入城，孫立已趕入城門邊，佔住西門。城中鬧起，知道大宋軍馬，已從西門進城了。那時百姓都被方臘殘害不過，怨氣沖天，聽得宋軍入城，盡出來助戰。城中早豎起宋先鋒旗號，范疇、沈抃見了城中事變，急待奔入城去，保全老小時，左邊撞出宣贊，早把范疇捉了。右邊沖出郝思文，把沈抃刺下馬去，眾軍活捉了。宋江大驅人馬入城，四下裏搜捉南兵，盡行誅殺。呂樞密引了許定，自投南門而走，死命奪路，眾軍追趕不上，自回常州聽令，論功升賞。應明在亂軍中殺死，獲得首級。趙毅被一眾百姓捉住，齊來獻出。宋江來到州治，便出榜安撫，百姓扶老攜幼，詣州拜謝。宋江撫慰百姓，復為良民，眾將各來請功。

盛匯赴州治拜見宋江，宋江親自迎接盛匯，上廳請坐。盛匯感激無限，復為宋朝良臣。宋江叫把范疇、沈抃、趙毅三個，陷車盛了，寫道申狀，就叫盛匯親自解赴潤州張招討中軍帳前。盛匯領了公文，監押三將，前赴潤州交割。比及去時，宋江已自先叫戴宗，神行飛報文書。當日張招討賞了盛匯，留於軍前聽用，把三個賊人，梟首示眾，隨即使人來常州，犒勞宋先鋒軍馬。又提師來鎮守常州。

宣州。

小旋風柴進行軍至此，三面圍城。

那方臘部下鎮守宣州經略使名喚家餘慶，手下統制官三員：李韶、杜敬臣、程勝祖，自號「宣州三雄」。

當日家餘慶分調眾統制，做三路出城對陣，梁山軍也分三路軍兵迎敵。中間是呼延灼和李韶交戰，交戰多時，李韶遁去，中路軍馬大敗。左軍是林沖和杜敬臣交戰，林沖舞蛇矛刺死杜敬臣。右軍是雷橫共程勝祖相持，翅插虎力大，程勝祖不敵，棄馬逃回，被湯隆搶出，一錘斃命。此日連勝三將，賊兵退入城去。

柴大官人急驅眾將奪城，趕到門邊，連夜政城，因此得了宣州。亂軍中殺死了李韶。那家餘慶領了些敗殘軍兵，望湖州去了，不期半路遇上浪子燕青，成了弩下亡魂。

蘇州。

呂樞密引敗殘軍馬倉皇行來。

潤州呂師囊會同常州許定，來告三大王方貌求救，訴說宋軍勢大，迎敵不住，兵馬席捲而來，以致失陷城池。三大王大怒，喝令武士，推轉呂樞密，斬訖報來。許定伏地哭告：「宋江部下軍將，皆是慣戰兵馬，多有勇烈好漢了得的人，更兼步卒，都是梁山泊小嘍羅，多曾慣鬥，因此難敵。」

方貌道：「權且寄下你項上一刀，與你五千軍馬，首先出哨。我自分撥大將，隨後便來策應。」呂師囊拜謝了，全身披掛，手執丈八蛇矛，上馬引軍，首先出城。

三大王聚集手下六員戰將，名為「六飛將」，一個個都是身長力壯，武藝精熟的人，號為：飛龍大將軍劉贇、飛虎大將軍張威、飛豹大將軍郭世廣、飛天大將軍鄔福、飛山大將軍甄誠、飛水大將軍昌盛。當下三大王方貌，親自披掛，手持方天畫戟，上馬出陣，監督中軍人馬，前來交戰。馬前擺列著那六員大將，背後整整齊齊數十個副將，引五萬南兵人馬，出城來迎敵宋軍。

前部呂師囊引著許定，前進十里餘路，正遇宋軍。兩軍相遇，旗鼓相望，各列成陣勢。呂師囊忿那口氣，躍坐下馬，橫手中矛，親自出陣，要與宋江交戰。宋江在門旗下見了，回頭問道：「誰人敢拿此賊？」說猶未了，金槍手徐寧挺起手中金槍，驟坐下馬，出到陣前，徐寧看那呂師囊手中丈八蛇矛，道：「今日林教頭不在，看我斬你！」挺金槍便和呂樞密交戰。二將交鋒，左右助喊，約戰了二十餘合，呂師囊露出破綻來，被徐寧肋下刺著一槍，搠下馬去。兩軍一齊吶喊。黑李逵手揮雙斧，殺過陣來，身後眾步兵隨上，南兵大亂。

宋江驅兵趕殺，正迎著方貌大隊人馬，兩邊各把弓箭射住陣腳，各列成陣勢。南軍陣上，一字擺開六將。方貌在中軍聽得說殺了呂樞密，心中大怒，便橫戟出馬來，大罵宋江道：「量你等只是梁山泊一夥打家劫舍的草賊！宋朝合敗，封你為先鋒，領兵侵入吾地，我今直把你誅盡殺絕，方才罷兵！」宋江在馬上指道：「你這廝只是睦州一夥村夫，量你有甚福祿，妄要圖王霸業，不如及早投降，免汝一死！天兵到此，尚自巧言抗拒！我若不把你殺盡，誓不回軍！」方貌喝道：「且休與你論口，我手下有六員猛將在此，你敢撥六個出來殺麼？」宋江笑道：「若是我兩個並你一個，也不算好漢。你使六個出來，我使六員正將，和你比試本事，便見輸贏。但是殺下馬的，各自抬回本陣，不許暗箭傷人，亦不許搶擄屍首。如若不見輸贏，不得混戰，明日再約廝殺。」方貌聽了，便叫六將出來，各執兵器，驟馬向前。宋江道：「諸將相讓馬軍出戰。」說言未絕，門旗開處，左右兩邊六將齊出，乃是：關勝、徐寧、史進、宣贊、孫立、郝思文。兩軍中花腔鼓擂，雜彩旗搖。各家放了一個號炮，兩軍助著喊聲。十二騎馬齊出，各自尋著敵手，捉對兒廝殺。卻是：關勝戰劉贇，史進戰張威，徐寧戰鄔福，孫立戰甄誠，宣贊戰郭世廣，郝思文戰昌盛。十二將交鋒廝殺，真乃是堪描堪畫。鬥到三十合之上，數中一將，翻身落馬，贏得的是誰？大刀關勝，一刀把劉贇吹下馬來。兩陣上各自鳴金收軍，五對將軍分開。兩下各回本陣。三大王方貌，見折了一員大將，尋思不利，引兵退回蘇州城內。宋江當日催趲軍馬，直近寒山寺下寨，升賞關勝。寫了軍狀，申覆張招討。

相持多日，見南軍閉城不出。宋江使戴宗申報張叔夜，調將旋風炮來。就岸邊撒開炮架，搬出號炮，連放了十數個。那炮震得城樓也動，四下裏打將入去。三大王方貌正在府中計議，聽的火炮接連響，驚得魂不附體。各門守將，聽得城中炮響不絕，各引兵奔城中來。各門飛報，城門焚毀，宋軍已上城了。蘇州城內鼎沸起來，正不知多少宋軍入城。只見李逵引著眾軍兵，在城裏橫衝直撞，追殺南兵。見宋兵殺入城來，南軍漫散，各自逃生。方貌急急披掛上馬，引了幾百鐵甲軍，奪路待要殺出南門，不想正撞見黑李逵這一夥，殺得鐵甲軍東西亂竄，四散奔走。小巷裏又撞出魯智深，腑下夾著許定，掄起鐵禪杖打將來。方貌抵擋不住，獨自躍馬，再回府來。烏鵲橋下轉出史進，乃是東京禁軍教頭王進親傳棍法，只一棍掠斷馬腳，方貌倒頭巔將下來，被眾軍齊上亂刀砍了，史進提首級逕來中軍，參見先鋒請功。此時宋江已進城中偽王府坐下，令諸將各自去城裏搜殺南軍，盡皆捉獲。又傳下號令，休教殺害良民百姓，一面教救滅了四下裏火，便出安民文榜，曉諭軍民。次後聚集諸將，到府請功。好漢史進先是打殺了方貌，又生擒了甄誠，再一棍打死鄔福。好個九紋龍，連殺三敵將。又有孫立鋼鞭打死張威；郝思文橫槍躍馬刺死昌盛。卻亂軍中不見了宣贊。宋江叫把方貌首級並甄誠、許定，解赴常州張招討軍前施行。後張叔夜便遣那盛匯來守蘇州，自此盛匯便稱做：盛大將軍。

那時宋江安排方妥，忽地接報——宣贊將軍和南將郭世廣鏖戰，你我相傷，雙雙死於飲馬橋下。可憐醜郡馬，臨死前大呼：「我那美郡主妻，為夫來陪你也！」

湖州。

梁山大軍縱馬急行，殺至城下。

偽留守弓溫不降，戰死當場。眾好漢一鼓作氣，殺死弓溫手下副將多員，殺散了賊兵，收伏了湖州，安撫了百姓。柴大官人一面行文申覆張招討，一面寫封密信，叫那赤腳生侯偉去與宋先鋒報捷。再臨陣點兵：分一半人馬，叫豹子頭林沖引領金錢豹子湯隆等將佐組成「豹軍」，前去攻取獨松關，取關後到杭州聚會。囑付將門虎子呼延灼並插翅虎雷橫統領「虎軍」守住湖州，待中軍招討調撥得統制到來，迅急進兵，攻取德清縣，亦到杭州會合。

安排已了，柴進叫了燕青來。只見柴進扮做個白衣秀士，燕青扮做個僕者，背著琴劍書箱，二個悄然去了。

杭州。

南國太子方天定行宮設此。

那方臘兄弟三個，二大王在攻佔杭州城時身死。方臘又無子，便過繼二大王那長子來，原名方豪，賜名天定，立為太子。守把杭州，號南安王。

杭州城郭闊遠，人煙稠密。方天定部領七萬餘軍馬，十員大將。為首兩個，最了得，一個僧人，俗姓鄧，法名元覺，使一條禪杖，乃是渾鐵打就的，重五十餘斤，人皆稱為國師。又一個，姓石名寶，慣使一個流星錘，百發百中，又能使一口寶刀，名為劈風刀，可以裁銅截鐵，遮莫三層鎧甲，如劈風一般過去。外有一個司行方，這三個皆稱元帥名號。又有七員大將軍：冷恭、黃愛、徐白、趙毅、姚義、湯逢士、薛鬥南。聞得宋兵將至，眾將在方天定行宮，聚集計議。方天定說道：「即目宋江水陸並進，過江南來，平折了與他五個大郡。止有杭州，是南國之屏障。若有虧失，睦州焉能保守？今來犯吾境界，汝等諸官，各受重爵，務必赤心報國，休得怠慢。」眾將啟奏道：「主上寬心！放著許多精兵良將，未曾與宋江對敵。目今雖是折陷了數處州郡，皆是不得其人，以致如此。今聞宋江分兵三路，來取杭州，殿下與國師謹守城郭，作萬年基業。臣等眾將，各各分調迎敵。」太子方天定大喜，傳下令旨，也分三路軍馬，前去策應，只留國師鄧元覺同保城池。那三路是：德清縣兵微將寡，司行方引薛鬥南、黃愛、徐白救應；獨松關天險難攻，姚義引軍救應；石寶引趙毅、冷恭諸將出郭迎敵。三路人馬，各自去了。

這宋先鋒大隊軍兵，迤邐前進，一路攻下臨平山、皋亭山，直抵東新橋下寨，傳令教分調本部軍兵，分路夾攻杭州。一路是魯智深、史進為頭，取東門；一路是關勝並徐寧、郝思文取北關門、艮山門；宋先鋒部領戴宗、李逵、孫立諸將掌中軍。分撥大小三軍已定，各自進發。

前隊關勝人馬，直哨到東新橋，不見一個南軍。關勝心疑，退回橋外，使人回覆宋先鋒。宋江聽了，使戴宗傳令，分付道：「且未可輕進。每日輪兩個頭領出哨。」一連哨了數日，又不見出戰。

這日是徐寧、郝思文，兩個帶了數十騎馬，直哨到北關門來，見城門大開著，兩個來到吊橋邊看時，城上一聲擂鼓響，城裏早撞出一彪軍馬來。徐寧、郝思文急回馬時，城西偏路喊聲又起，一百餘騎馬軍，衝在前面。徐寧並力死戰，殺出馬軍隊裏，回頭不見了郝思文。再回來看時，見數員將校，把郝思文活捉了入城去。徐寧急待回身，項上早中了一箭，帶著箭飛馬走時，南國眾將從背後趕來，路上正逢著關勝，救得回來，已失血暈倒，慌忙報與宋先鋒知道。宋江急來看徐寧時，七竅流血。宋江垂淚，便喚隨軍醫士治療，拔去箭矢，用金藥敷貼。宋江且教扶下戰船內將息，自來看視。當夜三四次發昏，方知中了藥箭。宋江仰天嘆道：「此間又無良醫可救，必損吾股肱也！」傷感不已。又差人去軍中打聽郝思文消息。淚痕未乾，噩耗又至。次日得報：杭州北關門城上，把竹竿挑起郝思文頭來示眾。方知道被方天定碎剮了！這郝思文，當初他母親夢井木犴投胎，因而有孕，後生此人，因此人喚他做井木犴郝思文。十八般武藝，無有不能。用功報國，粉身碎骨！宋江見報，好生傷感。後半月，徐寧箭毒不癒，調治不痊，金槍手埋骨他鄉！

宋江又哭了一場，便請靈隱寺僧人誦經，追薦眾將。次日天晚，宋江叫小軍去西陵橋上，排下許多祭物，卻分付李逵等將埋伏在路口，戴宗隨在身邊。只等天色相近一更時分，宋江掛了白袍，金盔上蓋著一層孝絹，同戴宗並幾個僧人，卻從小行山轉到西陵橋上。軍校已都列下黑豬、白羊、金銀祭物，點起燈燭熒煌，焚起香來。宋江在當中證盟，朝著杭州哭奠，戴宗立在側邊。先是僧人搖鈴誦咒，攝招呼名。次後戴宗宣讀祭文，宋江親自把酒澆奠，仰天望東而哭。正哭之間，只聽得橋下兩邊，一聲喊起，南北兩山，一齊鼓響，兩彪軍馬來拿宋江，原是已有人報知方天定，差下首將，分作兩路殺來。南山路是趙毅。北山路是湯逢士。只聽得橋下喊聲大舉，宋江伏軍也兩路分開，趕殺南北兩山軍馬。南兵見有準備，急回舊路。兩邊宋兵追趕。眾軍亂槍戳死湯逢士。李逵正逢趙毅，那趙將軍吼道：「大將軍趙毅在此，黑廝報上名來。」李逵奇道：「又來一個趙毅？莫不是在常州殺你不死？那再殺一回！」一斧劈死趙毅，軍兵大半殺下湖裏去了，都被淹死。到杭州城裏救軍出來時，宋江軍馬已都回轉寨中。宋江說道：「我如此行計，也得他二將之首。卻好為二位兄弟報仇。」

湖州。

林沖引豹軍行來，徑取獨松關。

那關兩邊，都是高山，只中間一條路。山上蓋著關所，關邊有一株大樹，可高數十餘丈，望得諸處皆見。下面盡是叢叢雜雜松樹。關上守把多員賊將，為首的喚做蔣印。初時連日下關，和林沖殺，被林沖蛇矛戳傷蔣印。賊軍不敢下關，只在關上守護，下面又無計可施。得了湯隆去到深山裏，尋得一條小路，引著眾軍，從小路過到關上，半夜裏卻摸上關，放起火來。賊將見關上火起，知有宋兵已過關，一齊棄了關隘便走。卻喜湯隆活捉得蔣印，解赴張招討軍前去了。

林沖引軍下關接應呼延灼。半路裏正撞著杭州援軍，並力衝殺入去，亂軍中殺死主將姚義。林沖揮軍急取德清縣。

行到半路，正迎著司行方敗殘軍兵回來：原來是呼延灼率軍至德清，在南門外和司行方人馬相逢。雷橫縱馬和司行方交鋒，鬥到三十合，被司行方砍下馬去，可憐插翅虎，折翼江南！宋軍激憤，捨命廝殺，那黃愛、徐白，被眾將向前活捉。南軍敗退，又逢獨松關「豹軍」殺至，司行方被趕逐在水裏淹死。薛鬥南亂軍中逃難，至一莊戶家，被那劉佳龍、魏婷婷夫妻兩個，把酒來灌倒了，綁至宋營。林沖便將黃愛、徐白、薛門南皆解赴張招討軍前斬首。

杭州。

宋先鋒再行調兵攻城。

議定攻打東門，當時來到城邊，把軍馬排開，魯智深首先出陣，步行搦戰，提著鐵禪杖，直來城下大罵：「蠻撮鳥們，出來和你殺！」那城上見是個和尚挑戰，慌忙報入太子宮中來。當有國師鄧元覺，聽的是個和尚勒戰，便起身奏太子道：「小僧聞梁山泊有這個和尚，名為魯智深，慣使一條鐵禪杖，請殿下去東門城上，看小僧和他步鬥幾合。」方天定見說大喜，傳令旨，遂引眾猛將，同元帥石寶，都來菜市門城上，看國師迎敵。當時開城門，放吊橋，那鄧元覺引五百刀手步軍，飛奔出來。魯智深見了道：「原來南軍也有這禿出來。洒家教他吃俺一百禪杖！」也不打話，掄起禪杖，便奔將來。那國師也使禪杖來迎。兩個一齊都使禪杖相並。這兩個鬥過五十餘合，不分勝敗。方天定在敵樓上看了，與石寶道：「只說梁山泊有個花和尚魯智深，不想原來如此了得，名不虛傳！鬥了這許多時，不曾折半點兒便宜與國師。」石寶答道：「小將也看得呆了，不曾見這一對敵手。」正說之間，只聽得飛馬又報道：「北關門下，又有軍到城下。」石寶慌忙去了。方天定恐有失，急叫收兵入城，兩個和尚各自引軍退回。當日宋江引軍到北關門口觀戰，石寶帶了流星錘上馬，手裏橫著劈風刀，開了城門，出來迎敵。宋軍陣上大刀關勝出馬，與石寶交戰。兩個鬥到二十餘合，石寶撥回馬便走，關勝急勒住馬，也回本陣。宋江問道：「緣何不去追趕？」關勝道：「石寶刀法，不在關勝之下，雖然回馬，必定有計。」

宋江收軍回寨，聞報林沖、呼延灼兩路齊回，大喜，合兵一處下寨。訴說各自戰事，林沖、湯隆為徐寧垂淚。宋江聞折了雷橫，心下傷感。見了湯隆，心念一動。

兩路人馬合兵城下，計議定了，分撥正偏將佐，取四面城門。

攻打候潮門：林沖、呼延灼為首；攻打艮山門：孫立並諸將；攻打薦橋門：史進為主。魯智深想起在東京看守那菜園子來，便當先攻打菜市門；正先鋒使宋江帶領關勝、戴宗、李逵，攻打北關門。

宋江等部領大隊人馬，直近北關門。令關勝引些少軍馬，去城下勒戰。城上鼓響，石寶引軍出城，和關勝交馬。戰不過十合，關勝急退。石寶軍兵趕來，宋軍便放起炮來。號炮起時，各門都發起喊來，一齊攻城。激戰一日，各自退軍。當夜二更時分，城中忽有火把到處點著，不一時鼎沸起來：原來是宋江又使湯隆用潤州獻糧計，率人混入富陽縣解糧船入城，於夜間起事。南軍一時不知，多少宋軍在城裏。方天定在宮中，聽了大驚，急急披掛上馬時，各門城上軍士，已都逃命去了。宋兵大振，四門軍兵各自爭功奪城。就夜杭州內外混戰，方天定上得馬，四下裏尋不著一員將校，止有幾個步軍跟著，這方天定本領高超，憑一杆方天畫戟，硬生生從南門奪路殺出。方天定立馬大笑。旁邊撞出一員大將，高聲喝道：「孺子小將，走哪裏去！」方天定措手不及，腦門上早飛下一鞭來，幸得眼明手快，便把方天戟來攔住，只聽得雙鞭齊下，早把戟杆折做兩段。急打馬要走，可奈那匹馬作怪，百般打也不動，卻似有人籠住嚼環的一般。又一將搶到馬前，把方天定一槍刺穿，屍身摔下馬來。一個是呼延灼，一個是林沖。

梁山眾將奪下杭州。在行宮內，宋江令寫錄眾將功勞，或殺或擒敵兵南將，又有林沖蛇矛戳死冷恭，只走了石寶、鄧元覺兩個。宋江便出榜安撫百姓，賞勞三軍，超度眾將。

東京開封府。

太尉高俅、楊戩都至童樞密府。楊戩道：「那宋江任先鋒，此行建立大功，已然駐兵杭州。卻也損折將佐嚴重。」童貫不語。高俅接道：「天子差恩相親往賞賜，正好借此立一奇功！」童貫笑道：「此行前往江南助陣，天子特准我便宜行事！定不負朝廷所托。」三個相視而笑。

行。

宋江帶領正偏將佐，攻取睦州。與關勝、戴宗、李逵、魯智深直抵烏龍嶺。那鄧元覺、石寶兩個失了杭州，退守此處。又有睦州差來首將夏候成同守。見宋軍來取關隘，鄧元覺點了五千人馬，綽了禪杖，帶領夏候成下嶺迎戰。軍馬漸近，兩軍相迎，鄧元覺自恃本領高強，當先出馬挑戰。不想宋軍萬箭齊發，一箭正中面門，鄧元覺墜下馬去，被眾軍殺死。一齊捲殺攏來，南兵大敗，夏候成抵敵不住，便奔睦州去了。宋兵直殺到烏龍嶺上，擂木、炮石，打將下來，不能上去。宋江便命殺轉來，先打睦州。

宋江兵將，攻打睦州，未見次第。這睦州卻有方臘行宮大殿，由右丞相祖士遠率僉書桓逸並眾將鎮守。那夏侯成已至，又得鄭彪來助。那鄭彪原是一縣都頭出身，自幼使得槍棒慣熟，遭際方臘，做到殿帥府太尉。聞得高俅是靠踢得一腳好氣毬做到殿帥府太尉，自家是憑槍棒，更是驕縱不已。雙軍相交，一場混戰。各有虧輸，鳴金收兵。魯智深卻正遇著夏侯成交戰。兩個鬥了數合，夏侯成敗走。魯智深一條禪杖，直打入去。夏侯成便望山林中奔走，魯智深不捨，趕入深山裏去了。

那鄭彪將軍馬退入城中屯駐。卻商議道：「宋兵已至，何以解救？」祖士遠道：「自古兵臨城下，將至濠邊，若不死戰，何以解之！打破城池，必被擒獲，事在危急，盡須向前！」當下鄭彪引著眾將，領兵一萬，開放城門，與宋江對敵。宋江教把軍馬略退半箭之地，讓他軍馬出城擺列。祖丞相並桓僉書，皆坐在敵樓上看。鄭彪便挺躍槍馬出陣。宋江陣上大刀關勝，出馬舞刀，來戰鄭彪。二將交馬，鬥不數合，那鄭彪平日驕縱慣的，未逢勁敵，如何敵得關勝，只得架隔遮攔，左右躲閃。慌亂間，關勝奮力一刀，砍了他於馬下。宋軍中又放起一個旋風炮，驚天動地。南兵大敗，宋軍乘勢殺入睦州，眾將一發向前，生擒了祖丞相、桓僉書，其餘牙將，不問姓名，俱被宋兵殺死。

宋江等入城，先把火燒了方臘行宮，所有金帛，就賞與了三軍眾將，便出榜文安撫了百姓。便急差關勝回取烏龍嶺關隘。當下關勝等，飛馬引軍，殺到烏龍嶺上，正接著石寶軍馬。石寶見是關勝，無心戀戰，便退上嶺去。這邊關勝等眾將正自氣盛，分兵兩路，殺上嶺來。兩面盡是宋兵，已殺到嶺上。石寶看見兩邊全無去路，恐吃捉了受辱，便用劈風刀自刎而死。奪了烏龍嶺關隘，關勝急令人報知宋先鋒。

行。

林沖、呼延灼管領史進、孫立、湯隆等正偏將佐，分兵收取歙州，道近昱嶺關前。守關把隘，卻是方臘手下一員大將，綽號小養由基龐萬春，乃是江南方臘國中第一個會射弓箭的。帶領著數員副將。為首一個喚做雷烱，也蹬的七八百斤勁弩，會使一枝蒺藜骨朵，手下有五千人馬。聽知宋兵分撥軍馬到來，已都準備下了對敵器械，只待來軍相近。宋軍人馬將次近昱嶺關前，卻是史進為頭，帶領三千軍兵，前來出哨。當下史進騎匹戰馬，其餘都是步軍，迤邐哨到關下，並不曾撞見一個軍馬。史進在馬上心疑。看時，見關上一面白旗，旗下立著那善射龐萬春，看了史進等大笑，罵道：「你這夥草賊，只好在梁山泊裏住，勒宋朝招安誥命，如何敢來我這國土裏裝好漢！你也曾聞俺小養由基的名字麼？我聽得你這夥裏，有個甚麼燕青、孫立，著他出來，和我比射。先教你看我神箭！」說言未了，颼的一箭，正中史進，栽下馬去。眾人一齊急急向前，救得上馬便回。又見山頂上一聲鑼響，正迎著對面山坡上伏著雷烱一夥，那弩箭如雨一般射將來，總是有十分英雄，也躲不得這般的箭矢。可憐史進等人，不曾透一個出來，做一堆兒都被射死在關下。

三千步卒，止剩得百餘個小軍，逃得回來。眾將聽了大驚，如癡似醉，呆了半晌。林沖癡醉道：「可憐史大郎。跟王教頭習得一身本領，隨魯師兄上得水泊梁山，今日這九紋龍就此飛天去了！」呼延灼、孫立眾將俱各呆怔不已。湯隆近前道：「如此不可強攻，小弟且去探路。」因著潤、杭二州，皆是湯隆尋得路徑，眾人自是信他。果不其然，被這金錢豹子摸到山後一條小徑。眾人商議已了，使湯隆背了火刀、火石一應物件，自山後石壁，拈指爬將上去；再使孫立率軍，於關前放火開路，攻上山來。

昱嶺關上聞知宋兵放火燒林開路，龐萬春道：「這是他進兵之法，使吾伏兵不能施展。我等只牢守此關，任汝何能得過？」望見宋兵漸近關下，帶了雷炯等將，都來關前守護。山後湯隆一步步摸到關上，爬在一株大樹頂頭，伏在枝葉稠密處，看那龐萬春與雷炯眾將，都將弓箭踏弩，伏在關前伺候，看見宋兵時，一派價把火燒將來。中間林沖、呼延灼立馬在關下，大罵：「賊將安敢抗拒天兵？」南兵龐萬春等卻待要放箭射時，那湯隆悄悄地溜下樹來，轉到關後，見兩堆柴草，便摸在裏面，取出火刀、火石，發出火種，先把些硫黃、焰硝去燒那邊草堆，又來點著這邊柴堆。又直爬屋脊上去點著。關上眾將見火起，不殺自亂，發起喊來，眾軍都只顧走，哪裏有心來迎敵。龐萬春急來關後救火時，那南兵都棄了刀槍、弓箭、衣袍、鎧甲，盡望關後奔走。湯隆在屋上大叫道：「已有一萬宋兵先過關了，汝等急早投降，免汝一死！」龐萬春聽了，驚得魂不附體，只管跌腳。雷炯驚得麻木了，動彈不得。林沖、呼延灼首先上山，早趕到關頂，眾將都要爭先，一齊趕過關去三十餘里，追著南兵。孫立生擒得雷烱，其餘副將被殺，單單只走了龐萬春。手下軍兵，擒捉了大半。宋兵已到關上，屯駐人馬。就此得了昱嶺關，賞了湯隆，將雷烱就關上割腹取心，享祭史進等人。

次日，眾將披掛上馬，一面行文申覆招討張叔夜，飛報得了昱嶺關，一面引軍前進行。

歙州守禦，一個是尚書王寅，一個是侍郎高玉，統領十數員戰將，屯軍二萬之眾，守住歙州城郭。原來王尚書是本州山裏石頭匠人出身，慣使一條鋼槍，坐下有一騎好馬，名喚轉山飛。那匹戰馬，登山渡水，如行平地。那高侍郎也是本州士人，故家子孫，會使一條鞭槍。又有龐萬春敗回到歙州。

林沖、呼延灼催兵已趕到歙州城下。城門開處，龐萬春引軍出來交戰。兩軍各列成陣勢，龐萬春出到陣前勒戰。小養由基又使射箭手段，連珠箭放，宋軍驚亂。城上王尚書、高侍郎，見龐萬春得勝，引領城中軍馬，一發趕殺出來。宋軍大敗，退回三十里下寨，紥駐軍馬安營。林沖與呼延灼商議道：「今日賊兵見我等退回軍馬，自逞其能，眾賊計議，今晚乘勢，必來劫寨。我等可把軍馬眾將，分調開去，四下埋伏。夜間賊兵來時，只看中軍火起為號，四下裏各自捉人。」都發放已了，各自去守備。

那南國王尚書個頗有些謀略，便與高侍郎、龐萬春等商議道：「今日宋兵敗回，退去三十餘里屯駐，營寨空虛，軍馬必然疲倦，何不乘勢去劫寨柵，必獲全勝。」高侍郎道：「我便和龐將軍引兵去劫寨，尚書緊守城池。」當夜二將披掛上馬，引領軍兵前進，馬摘鑾鈴，軍士銜枚疾走，前到宋軍寨柵。看見營門不開，南兵不敢擅進。初時聽得更點分明，向後更鼓便打得亂了。高侍郎勒住馬道：「不可進去！」龐萬春道：「相公如何不進兵？」高侍郎答道：「聽他營裏更點不明，必然有計。」龐萬春道：「相公誤矣！今日兵敗膽寒，必須困倦。睡裏打更，有甚分曉，因此不明，相公何必見疑，只顧殺去！」高侍郎道：「也見得是。」當下催軍劫寨，大刀闊斧，殺將進去。二將入得寨門，直到中軍，並不見一個軍將，卻是柳樹上縛著數隻羊，羊蹄上拴著鼓槌打鼓，因此更點不明。兩將劫著空寨，心中自慌，急叫：「中計！」回身便走，中軍內卻早火起，只見山頭上炮響，又放起火來，四下裏伏兵亂起，齊殺將攏來。兩將衝開寨門奔走，正迎呼延灼，大喝：「賊將快下馬受降，免汝一死！」高侍郎心慌，只要脫身，無心戀戰，被呼延灼趕進去，手起雙鞭齊下，腦袋骨打碎了半個天靈。龐萬春死命撞透重圍，得脫性命。正走之間，不提防湯隆伏在路邊，被他使起徐寧教的鉤鐮槍法，拖倒馬腳，活捉瞭解來。眾將已都在山路裏趕殺南兵，至天明，都赴寨裏來。

次日，諸將再進兵到歙州城下，見城門不關，城上並無旌旗，城樓上亦無軍士。原來王尚書見折了劫寨人馬，只詐做棄城而走，城門裏卻掘下陷坑。宋軍卻不提防，不想連人和馬，都陷在坑裏。呼延灼急令各人兜土塊入城，一面填塞陷坑，一面鏖戰。宋兵各各並力向前，剿捕南兵。王尚書正走之間，斜刺裏卻早趕出孫立，截住他殺。那王寅奮勇力敵，並無懼怯。不想又撞出林沖趕到，這個又是個會殺的，那王寅便有三頭六臂，也敵不過二將，被亂戳殺而死。

行。

宋江這一路軍兵直抵清溪縣來。方臘在這清溪幫源洞中大內設朝。關勝為前隊，引軍直進清溪縣界，正迎著南國皇侄方傑。原來是方臘御駕親征，皇侄方傑為前部先鋒。兩下軍兵，各列陣勢。南軍陣上，方傑橫戟出馬，馬步軍都太尉杜微步行在後。這方傑與哥哥方豪一般，慣使一枝方天畫戟，有萬夫不當之勇。那杜微原是鐵匠，會打軍器，會使飛刀，只是步鬥。這方傑隨方臘造反時，戰無不勝，無比誇能，陣前高叫：「宋軍可有好漢，快出來殺！」宋江在中軍聽得報來，急出到陣前，看見對陣方傑背後便是方臘御駕，直來到軍前擺開。

那方臘騎著一匹銀鬃白馬，出到陣前，親自監戰。看見宋江親在馬上，便遣方傑出戰，要拿宋江。這邊宋兵等眾將亦準備迎敵，要擒方臘。南軍方傑正要出陣，忽地得報：歙州又失，軍馬俱散，宋兵已殺到山後。方臘聽了大驚，急傳聖旨，便教收軍，且保大內。當下方傑且委杜微押住陣腳，卻待方臘御駕先行，方傑、杜微隨後而退。方臘御駕，回至清溪界，只聽得大內城中，喊起連天，火光遍滿，兵馬交加，卻是有人在清溪城裏放起火來。方臘見了，大驅御林軍馬，來救城中，入城混戰。宋江軍馬，見南兵退去，隨後追殺。趕到清溪，見城中火起，知是那兩個在彼行事，急令眾將招起軍馬，分頭殺將入去。此時林沖軍馬也自歙州過山來了，兩下接應，四面宋兵，夾攻清溪大內。宋江等諸將，四面八方，殺將入去，各各自去搜捉南軍，打破了清溪城郭。方臘卻得方傑引軍保駕，防護送投幫源洞中去了。

宋江等大隊軍馬，都入清溪縣來。眾將殺入方臘宮中，收拾違禁器仗、金銀寶物，搜檢內裏庫藏，就殿上放起火來，把方臘內外宮殿，盡皆燒毀，府庫錢糧，搜索一空。宋江會合兩路軍馬，屯駐在清溪縣內，聚集眾將，都來請功受賞。整點兩處將佐時，湯隆與杜微相爭，一個被飛刀重傷身死！一個被鐵錘相擊身亡！同是打造軍器鐵匠，各為其主雙雙陣亡。眾將擒捉得南國偽官七十二員請功，賞賜已了，只不見婁丞相下落。一面且出榜文，安撫了百姓，把那活捉偽官解赴張招討軍前，斬首示眾。後見偽丞相婁敏中自縊松林而死。宋江令人先取了婁丞相首級，又將杜微剖腹剜心，滴血享祭打清溪亡過眾將。宋江親自拈香祭了，次日起全軍，直抵幫源洞口圍住。

方臘只得方傑保駕，走到幫源洞口大內，屯駐人馬，堅守洞口，不出迎敵。宋江把軍馬周回圍住了幫源洞，卻無計可入。方臘八州盡失，戰將盡損，在幫源洞，如坐針氈。兩軍困住已經數日，方臘正憂悶間，忽見殿下錦衣繡襖一大臣，俯伏在金階殿下啟奏：「我王，臣雖不才，深蒙主上聖恩寬大，無可補報。憑夙昔所學之兵法，仗平日所韞之武功，六韜三略曾聞，七縱七擒曾習。願借主上一枝軍馬，立退宋兵，中興國祚。未知聖意若何？」方臘見了大喜，口中道：「怎地忘了駙馬！」

第四回：草

那日。

睦州界上。

一個白衣秀士，腰間懸劍；一個俊秀僕者，背著書箱。見這主僕行來，把關隘將校攔住。秀才告道：「某乃是中原一秀士，能知天文地理，善會陰陽，識得六甲風雲，辨別三光氣色，九流三教，無所不通，遙望江南有天子氣而來，何故閉塞賢路？」把關將校，聽得他言語不俗，便問姓名。那人道：「某乃姓柯名引，一主一僕，投上國而來，別無他故。」守將見說，留住他，差人逕來睦州，報知右丞相祖士遠。祖丞相思量正是用人之際，便使人接取他兩個至睦州相見，各敘禮罷，柯引一席話，聳動那在場人，更兼他一表非俗，各個歡喜。祖士遠便叫僉書桓逸，引他去清溪大內朝覲。

原來睦州、歙州，方臘都有行宮大殿，內卻有五府六部總制在清溪縣幫源洞中。

柯引主僕跟隨桓逸，來到清溪帝都，先來參見左丞相婁敏中。柯引高談闊論，一片言語，婁敏中大喜，就留他在相府管待。看柯引出言不俗，知書通禮，先自有八分歡喜。這婁敏中雖有些文章，苦不甚高，被柯引說得他大喜。

次日早朝，方臘升殿。內列著侍御、嬪妃、彩女，外列九卿四相、文武兩班、殿前武士，金瓜長隨侍從。當有左丞相婁敏中出班啟奏：「中原是孔夫子之鄉。今有一賢士，姓柯名引，文武兼資，智勇足備，善識天文地理，能辨六甲風雲，貫通天地氣色，三教九流，諸子百家，無不通達，望天子氣而來，見在朝門外，伺候我主傳宣。」方臘道：「既有賢士到來，便令白衣朝見。」各門大使傳宣，柯引到於殿下。拜舞起居，山呼萬歲已畢，宣入簾前。方臘看見他一表非俗，先有八分喜氣。方臘問道：「賢士所言，望天子氣而來，在於何處？」柯引奏道：「臣柯引賤居中原，父母雙亡，隻身學業，傳先賢之秘訣，授祖師之玄文。近日夜觀乾象，見帝星明朗，正照東吳。因此不辭千里之勞，望氣而來。特至江南，又見一縷五色天子之氣，起自睦州。今得瞻天子聖顏，抱龍鳳之姿，挺天日之表，正應此氣。臣不勝欣幸之至！」言訖再拜。方臘道：「寡人雖有東南地土之分，近被宋江等侵奪城池，將近吾地，如之奈何？」柯引奏道：「臣聞古人有言：得之易，失之易；得之難，失之難。今陛下東南之境，開基以來，席捲長驅，得了許多州郡。今雖被宋江侵了數處，不久氣運復歸於聖上。陛下非止江南之境，他日中原社稷，亦屬陛下。」方臘見此等言語，心中大喜，敕賜錦墩命坐，管待御宴，加封為中書侍郎。自此柯引每日得近方臘，常用些阿諛美言諂佞。未經半月，方臘及內外官僚，無一人不喜他。

次後，方臘見柯引處事公平，盡心喜愛，卻令左丞相婁敏中做媒，把金芝公主招贅柯引為駙馬，封官主爵都尉。那僕人雲璧，人都稱為雲奉尉。柯引自從與公主成親之後，方臘但有軍情重事，便宣他至內宮計議。柯引時常奏說：「陛下氣色真正，只被罡星沖犯，尚有半年不安，直待並得宋江手下無了一員戰將，罡星退度，陛下復興基業，席捲長驅，直佔中原之地。」方臘道：「寡人手下愛將數員，盡被宋江殺死，似此奈何？」柯引又奏道：「臣夜觀天象，陛下氣數，將星雖多數十位，不為正氣，未久必亡。卻有二十八宿星象，正來輔助陛下，復興基業。宋江夥內，亦有十數員來降。此也是數中星宿，盡是陛下開疆展土之臣也！」方臘聽了大喜。

這日。

幫源洞中。

方臘升殿。宋軍圍困，束手無策。

東牀駙馬主爵都尉柯引啟奏，願引兵出洞征戰。

方臘見奏，不勝之喜。柯駙馬當下同領南兵，帶了雲壁奉尉，披掛上馬出師。方臘將自己金甲錦袍，賜與駙馬，又選一騎好馬，叫他出戰。那柯駙馬與同皇侄方傑，引領洞中護御軍兵一萬人馬，駕前上將二十餘員，出到幫源洞口，列成陣勢。

宋江軍馬困住洞口，已教將佐分調守護。宋江在陣中，因見手下弟兄，三停內折了二停，方臘又未曾拿得，南兵又不出戰，眉頭不展，面帶憂容。只聽得前軍報來說：「洞中有軍馬出來交戰。」宋江見報，急令諸將上馬，引軍出戰，擺開陣勢，看南軍陣裏，當先是柯駙馬出戰。宋江便令林沖出馬迎敵。林沖得令，便橫槍躍馬，出到陣前。二將對視一眼。林沖高聲喝問：「你那是甚人，敢助反賊，與吾大兵敵對？我若拿住你時，碎屍萬段，骨肉為泥！好好下馬受降，免汝一命！」柯駙馬答道：「我乃山東柯引，誰不聞我大名？量你這廝們是梁山泊一夥強徒草寇，何足道哉！偏俺不如你們手段？我直把你們殺盡，克復城池，是吾之願！」當下林沖挺槍躍馬，來戰柯引。兩馬相交，二般軍器並舉。兩將鬥到間深裏，柯引大喝一聲，林沖回馬便走。柯引笑道：「敗將，吾不趕你！別有了得的，叫他出來，和俺交戰！」林沖跑馬回陣，關勝舞起青龍偃月刀，飛馬出戰，大喝道：「山東小將，敢與吾敵？」那柯駙馬挺槍，便來迎敵。兩個交鋒，全無懼怯。二將鬥不到五合，關勝也輸回本陣。柯駙馬不趕，只在陣前大喝：「宋兵敢有強將出來，與吾對敵？」宋江再叫孫立出陣，與他交鋒。往來殺不過幾合，孫立敗走。柯引趕來搠將一槍，孫立棄馬跑歸本陣，南軍先搶得這匹好馬。柯駙馬招動南軍，搶殺過來，宋江急令諸將引軍退去十里下寨。柯駙馬引軍追趕了一程，收兵退回洞中。

眾文武爭先奏道：「柯駙馬如此英雄，戰退宋兵，連勝三將。宋江等又折一陣，殺退十里。」方臘大喜，叫排下御宴，等待駙馬卸了戎裝披掛，請入後宮賜坐。親捧金杯，滿勸柯駙馬道：「不想駙馬有此文武雙全！寡人只道賢婿只是文才秀士，若早知有此等英雄豪傑，不致折許多州郡。煩望駙馬大展奇才，立誅賊將，重興基業，與寡人共用太平無窮之富貴。」柯引奏道：「主上放心！為臣子當以盡心報效，同興國祚。明日謹請聖上登山，看柯引殺，立斬宋江等輩。」方臘見奏，心中大喜，當夜宴至更深，各還宮中去了。

金芝公主聞得駙馬英雄，喜不自勝，極盡溫存。見柯引神情恍惚，不復如常，只道他厮殺勞苦。

次早，方臘設朝，叫洞中敲牛宰馬，令三軍都飽食已了，各自披掛上馬，出到幫源洞口，搖旗發喊，擂鼓搦戰。方臘卻領引內侍近臣，登幫源洞山頂，看柯駙馬殺。

宋江當日傳令，分付諸將：「今日殺，非比他時，正在要緊之際。汝等軍將，各各用心，擒獲賊首方臘，休得殺害。你眾軍士，殺入洞中，並力追捉方臘，不可違誤！」三軍諸將得令，各自摩拳擦掌，掣劍拔槍，都要擄掠洞中金帛，盡要活捉方臘，建功請賞。當時宋江諸將，都到洞前，把軍馬擺開，列成陣勢。

只見南兵陣上，柯駙馬立在門旗之下，正待要出戰，只見皇侄方傑立馬橫戟道：「都尉且押手停騎，看方某先斬宋兵一將，然後都尉出馬，用兵對敵。」那方傑恐駙馬功高蓋己，爭先縱馬搦戰。宋江陣上，關勝出馬，舞起青龍刀，來與方傑對敵。兩將交馬，一往一來。一翻一覆，戰不過十數合，宋江又遣林沖出陣，共戰方傑。方傑見二將來夾攻，全無懼怯，力敵二將。又戰數合，雖然難見輸贏，也只辦得遮攔躲避。宋江隊裏，再差呼延灼、孫立驟馬出陣，並力追殺。方傑見四將來夾攻，方才撥回馬頭，望本陣中便走。柯駙馬卻在門旗下截住，把手一招，宋將關勝、林沖、孫立、呼延灼四將趕過來。柯駙馬便挺起手中鐵槍奔來，直取方傑。方傑見頭勢不好，急下馬逃命時，措手不及，早被這駙馬一槍戳著。背後雲奉尉趕上一刀，殺了方傑。

南軍眾將驚得呆了，各自逃生，柯駙馬大叫：「我非柯引，吾乃柴進，宋先鋒部下正將小旋風的便是！隨行雲奉尉，即是浪子燕青。今者已知得洞中內外備細。若有人活捉得方臘的，高官任做，細馬揀騎。三軍投降者，俱免血刃，抗拒者全家斬首！」回身引領四將，招起大軍，殺入洞中。

南軍頓悟：柴即是柯也，引即是進也。

方臘領著內侍近臣，在幫源洞頂上，看見殺了方傑，三軍潰亂，情知事急，一腳踢翻了金交椅，便望深山中奔走。宋江領起大隊軍馬，分開五路，殺入洞來，爭捉方臘，不想已被方臘逃去，止拿得侍從人員。燕青搶入洞中，叫了數個心腹伴當，去那庫裏，擄了兩擔金珠細軟出來，就內宮禁苑，放起火來。先前那清溪縣中，突起一把火，亦是燕青所為。

柴進殺入東宮時，那金芝公主自縊身死。柴進見了，心下淒然。林沖立於身後，望其項背不語。柴進就連宮苑燒化。以下細人，放其各自逃生。

眾軍將都入正宮，殺盡嬪妃彩女、親軍侍御、皇親國戚，都擄掠了方臘內宮金帛。宋江大縱軍將，入宮搜尋方臘。當日幫源洞中，殺的橫屍遍野，流血成渠，按宋鑒所載，斬殺方臘蠻兵二萬餘級。當下宋江傳令，教四下舉火，監臨燒毀宮殿。龍樓鳳閣，內苑深宮，珠軒翠屋，盡皆焚化。

當時宋江等眾將監看燒毀已了，引軍都來洞口屯駐，下了寨柵，計點生擒人數，只有賊首方臘未曾獲得。傳下將令，教軍將沿山搜捉。告示鄉民，但有人拿得方臘者，奏聞朝廷，高官任做。知而首者，隨即給賞。

那草頭天子方臘從幫源洞山頂落路而走，便望深山曠野，透嶺穿林，脫了赭黃袍，丟去金花襆頭，脱下朝靴，穿上草履麻鞋，爬山奔走，要逃性命。連夜退過五座山頭，走到一處山凹邊，見一茅草庵，嵌在山凹裏。方臘肚中飢餓，卻待正要去內尋討些飯吃，只松樹背後轉出一個胖大和尚來，一禪杖打翻，便取條繩索綁了。那和尚不是別人，是花和尚魯智深。拿了方臘，帶到草庵中，取了些飯吃，正解出山來，卻好迎著搜山的軍健，一同綁住捉來見宋先鋒。宋江見拿得方臘，大喜，便問道：「吾師，你卻如何正等得這賊首著？」魯智深道：「洒家自從在睦州城外廝殺，追趕夏候成入深山裏去，被洒家殺了。直趕入亂山深處，迷蹤失徑，迤邐隨路尋去。正到曠野琳琅山內，忽遇一個老僧，引領洒家到此處茅庵中，囑付道：『柴米菜蔬都有，只在此間等候。但見個長大漢從深處來，你便捉住。』夜來望見山前火起，看了一夜，又不知此間山徑路數是何處。今早正見這賊爬過山來，因此俺一禪杖打翻，就捉來綁了。不想正是方臘。」宋江又問道：「那一個老僧今在何處？」魯智深道：「那個老僧自引洒家到茅庵裏，分付了柴米出來，竟不知投何處去了。」宋江道：「眼見得是聖僧羅漢，可知法號？」智深道：「法號永剛。」宋江嘆惜道：「無欲則剛，永剛實難！」又道：「今吾師成此大功，回京奏聞朝廷，可以還俗為官，在京師圖個蔭子封妻，光耀祖宗，報答父母之恩。」智深答道：「洒家心已成灰，不願為官，只圖尋個淨了去處，安身立命足矣。」宋江道：「吾師既不肯還俗，便到京師去住持一個名山大刹，為一僧首，也光顯宗風，亦報答得父母。」智深聽了，搖首叫道：「都不要，要多也無用。只得個囫圇屍首，便是強了。」宋江聽罷，默上心來，各不喜歡。

宋江教點本部下將佐，俱已數足。教將方臘陷車盛了，解上東京，面見天子。催起三軍，帶領諸將，離了幫源洞清溪縣，都回睦州。

招討張叔夜陪同童樞密，都在睦州聚齊，合兵一處，屯駐軍馬。童貫對張招討道：「就地正法，免得走漏，落草為寇。」宋江眾人聞言，面上變色。童樞密命張叔夜傳下軍令，教把生擒到賊徒偽官等眾、從賊，都就睦州市曹，斬首施行。親押方臘，解赴東京。眾將送行，章樞密道：「梁山眾將，搏命不易。且於此將息，本官親解賊首赴京。」梁山眾將巴巴望著童貫一行揚長而去，李逵氣得跳腳不已。

張招討與梁山眾將在睦州設太平宴，賞勞三軍將校，傳令教收拾朝京。宋江與同諸將，引兵馬離了睦州，前往杭州進發。因張招討軍馬在城，宋先鋒且屯兵在六和塔駐紮，諸將都在六和寺安歇。先鋒使宋江早晚入城聽令。

魯智深自在寺中一處歇馬聽候，看見城外江山秀麗，景物非常，心中歡喜。是夜月白風清，水天共碧，正在僧房裏，睡至半夜，忽聽得江上潮聲雷響。魯智深是關西漢子，不曾省得浙江潮信，只道是戰鼓響，賊人生髮，跳將起來，摸了禪杖，大喝著，便搶出來。眾僧吃了一驚，都來問道：「師父何為如此？趕出何處去？」魯智深道：「洒家聽得戰鼓響，待要出去殺。」眾僧都笑將起來道：「師父錯聽了！不是戰鼓響，乃是錢塘江潮信響。」魯智深見說，吃了一驚，問道：「怎地喚做潮信響？」寺內眾僧，推開窗，指著那潮頭，叫魯智深看，說道：「這潮信日夜兩番來，並不違時刻。今朝是八月十五日，合當三更子時潮來。因不失信，謂之潮信。」魯智深看了，從此心中忽然大悟，拍掌笑道：「俺在五臺山，師父曾囑付與洒家四句偈言，道是：逢夏而擒，遇臘而執；聽潮而圓，見信而寂。俺活捉了夏候成，生擒了方臘；今日正應了聽潮而圓，見信而寂，俺想既逢潮信，合當圓寂。眾和尚，俺家問你，如何喚做圓寂？」寺內眾僧答道：「你是出家人，還不省得佛門中圓寂便是死？」魯智深笑道：「既然死乃喚做圓寂，洒家今已必當圓寂。煩與俺燒桶湯來，洒家沐浴。」寺內眾僧，都只道他說耍，又見他這般性格，不敢不依他，只得燒湯來，與魯智深洗浴。換了一身御賜的僧衣，便叫部下軍校：「去報宋公明先鋒哥哥，來看洒家。」又問寺內眾僧處討紙筆，寫了一篇頌子，去法堂上捉把禪椅，當中坐了。焚起一爐好香，放了那張紙在禪牀上，自疊起兩隻腳，左腳搭在右腳，自然天性騰空。比及宋公明見報，急引眾頭領來看時，魯智深已自坐在禪椅上不動了。頌曰：平生不修善果，只愛殺人放火。忽地頓開金繩，這裏扯斷玉鎖。咦！錢塘江上潮信來，今日方知我是我。宋江與眾人看了偈語，嗟嘆不已。林沖暗自垂淚。眾多頭領都來焚香拜禮。

宋江等隨即收拾軍馬回京。比及起程，不想林沖就於智深墓前，染患風病癱了，宋江見了感傷不已。丹徒縣又申將文書來，報說楊志已死。林沖風癱，又不能痊，就留在六和寺中，教那侯偉並呂大輝看視。柴進於林沖榻前，垂淚一番，猛地起身，隨軍啟程赴京。陸留草頭天子鬧將過的征塵，隨風而舞。

第五回：八分．制詔．告命

瓊州。

天慶觀內，五公對飲。

戴宗徐徐道：「納還官誥不求榮，灑脫風塵過此生。浪子燕青，江湖任行。」燕青接口道：「我自杭州隻身離去，實是不敢當面。怎比院長進京受封，又納下官誥，去嶽廟裏，陪堂求閒。」又舉杯向孫立道：「也不比兄長，請命改任故鄉，一家美滿。」孫立飲了一杯。燕青又道：「聖手書生在太師府作門館先生、鐵叫子在都尉府是盡老清閒，都是終身快樂。」蕭讓、樂和兩個齊齊一飲而盡。

燕青自飲一杯，沉聲道：「我梁山好漢：去時三十六，回來十八雙。縱橫千萬里，談笑卻還鄉。江南一役，兄弟凋殘。十又八分：公明兄長任楚州；大刀關勝任大名府；柴大官人辭官還滄州；李逵任潤州；呼延將軍授御營兵馬指揮使，與樂和、蕭讓留京師；戴宗兄如今出家為道；孫立兄回還瓊州；我是山裏一閒人。」

眾人聞聽，各自不語，默然飲酒。

京師。

殿帥府內，二師密語。

高俅道：「這梁山一夥皆是我等仇人，今日倒吃他做了有功之臣，受朝廷這等恩賜，卻教他上馬管軍、下馬管民。我等省院官僚，如何不惹人恥笑？」楊戩遂道：「殿帥，自古道：恨小非君子，無毒不丈夫！」

瓊州。

燕青似是醉了，自語道：「燕序分飛自可強，月冷風清也斷腸。」戴宗只是大笑不止。樂和已然伏案，口中喃喃道：「都尉有小女莉翔，國色天香……」蕭讓盯著院中石碑，那碑右邊刻著：臣蔡修奉聖旨題額。那蔡修因是蔡京子，名諱得以四海散播，及至遠惡軍州。蕭讓心道：「想我會寫諸家字體，終了只與人代筆，不能如米芾、蘇黃……」

孫立自斟自飲，只是定睛看那石碑。碑文是：

道者，體之可以即至神；用之可以挈天地；推之可以治天下國家，可使一世之民，舉得其恬淡寂常之真，而躋於仁壽之域。朕思是道，人所固有，沉迷既久，待教而興。俾欲革末世之流俗，還隆古之純風。蓋嘗稽參道家之說，獨觀希夷之妙。

欽惟長生大帝君、青華大帝君，體道之妙，立乎萬物之上。統御神霄，監觀萬國無疆之休。雖眇躬是荷，而下民之命，實明神所司。乃詔天下，建神霄玉清萬壽宮，以嚴奉祀。自京師始，以致崇極，以示訓化，累年於茲，誠忱感格，高厚博臨。屬者，三元八節，按沖科、啟淨供，風馬雲車，來顧來饗。震電交舉，神光燭天，群仙翼翼，浮空而來者，或擲寶劍，或灑玉篇，駭聽奪目，追參化元。卿士大夫，侍衛之臣，悉見悉聞，嘆未之有，咸有紀述，著之簡編。

嗚呼！朕之所以隆振道教，帝君之所以眷命孚佑者，自帝皇以還，數千年絕道之後，乃復見於今日，可謂盛矣！豈天之將興斯文以遺朕，而吾民之幸，適見正於今日耶？佈告天下，其諭朕意，毋忽。乃令京師神霄玉清萬壽宮刻詔於碑，以碑本賜天下，如大中祥符故事，摹勒立石，以垂無窮。

又有四個大字，乃是：

御制御書

遇洪而開・三卷天書

作　　者：洪　福
責任編輯：黎漢傑
封面設計：Ishii
內文排版：陳先英
法律顧問：陳煦堂 律師

出　　版：初文出版社有限公司
電郵：manuscriptpublish@gmail.com

印　　刷：陽光印刷製本廠

發　　行：香港聯合書刊物流有限公司
香港新界荃灣德士古道220-248號
荃灣工業中心16樓
電話：(852) 2150-2100　傳真：(852) 2407-3062

海外總經銷：貿騰發賣股份有限公司
電話：886-2-82275988 傳真：886-2-82275989
網址：www.namode.com

版　　次：2024年4月初版
國際書號：978-988-70340-0-1
定　　價：港幣108元　　新臺幣400元

Published and printed in Hong Kong

香港印刷及出版